W0248235

# HÔTESSE SPÉCIALE POUR JET PRIVÉ

## Série « Brigade Mondaine »

**Je souhaite recevoir :**

❒ Le catalogue complet

❒ Les volumes ci-dessous cochés au prix de € 5,50 l'unité, soit :

......... livres à € 5,50 = .............

+ frais de port
(1 vol. : € 2,50 ; 2 à 3 vol. : € 3,70 ;
4 vol. et plus : € 4,70)
= .............

Total :.. ...........

NOM .............................PRÉNOM ...............
ADRESSE ...............................................
...........................................................
CODE POSTAL .......................VILLE ...............

Paiement par chèque à l'ordre de :

**CEGEP-ÉDITIONS VAUVENARGUES
15 chemin des Courtilles
92600 ASNIÈRES**


## DU MÊME AUTEUR CHEZ LE MÊME ÉDITEUR
(* Titres épuisés)

* N° 1 : LE MONSTRE D'ORGEVAL
* N° 2 : LE CARROUSEL DE LA PLEINE LUNE
* N° 3 : L'ABOMINABLE BLOCKHAUS
* N° 4 : LES SÉMINAIRES D'AMOUR
* N° 5 : LE MARCHÉ AUX ORPHELINES
* N° 6 : L'HÉROÏNE EN OR MASSIF
* N° 7 : UN CHANTAGE TRÈS SPÉCIAL
* N° 8 : LES REQUINS DE L'ÎLE D'AMOUR
* N° 9 : LA CITÉ DES DISPARUS
* N° 10 : LE CYGNE DE BANGKOK
* N° 11 : LA MANTE RELIGIEUSE
* N° 12 : LE JEU DU CAVALIER
* N° 13 : LA CROISIÈRE INTERDITE
N° 14 : LE HAREM DE MARRAKECH
N° 15 : LA MAISON DES MAUDITES
N° 16 : LA PERMISSION DE MINUIT
N° 17 : LES CAPRICES DE VANESSA
N° 18 : LA VIPÈRE DES CARAÏBES
* N° 19 : LE VOYOU DE MONTPARNASSE
* N° 20 : LES FILLES DE MONSEIGNEUR
* N° 21 : LA NUIT ARABE DE MONACO
* N° 22 : LA FERMIÈRE DU VICOMTE
* N° 23 : LA PUNITION DE L'AMBASSADEUR
* N° 24 : LA SECTE DES AMAZONES
* N° 25 : LES SIRÈNES DE L'AUTOROUTE
* N° 26 : LE BOUDDHA VIVANT
* N° 27 : LA PLANCHETTE BULGARE
* N° 28 : LE PRISONNIER DE BEAUBOURG
* N° 29 : LES ESCLAVES DE LA NUIT
* N° 30 : LES POUPÉES CHINOISES
* N° 31 : LES SACRIFIÉS DU SOLEIL
* N° 32 : L'EXÉCUTRICE
* N° 33 : LA PRÊTRESSE DU PHARAON
* N° 34 : UN CANAL ROSE POUR CIBISTE
* N° 35 : LES FANATIQUES DE LA VIDÉO
* N° 36 : LES ANGES DE PIGALLE
* N° 37 : SOSIES SUR MESURE
* N° 38 : LA MARQUE DU TAUREAU
* N° 39 : L'ÎLE AUX FEMMES
* N° 40 : LA CHÂTELAINE DE L'ORDRE NOIR

* N° 41 : LA PRINCESSE DES CATACOMBES
* N° 42 : LA DISPARUE DE SUNSET BOULEVARD
* N° 43 : LE PARFUM DE LA DAME EN GRIS
* N° 44 : LES FEMMES MYGALES DE LA CÔTE D'IVOIRE
* N° 45 : LA DANSE DES COUTEAUX
* N° 46 : LES AMANTS DE SINGAPOUR
* N° 47 : LA VEUVE DU LAC
* N° 48 : LES FANTASMES DU NOTABLE
* N° 49 : LA BÊTE DU LUBÉRON
* N° 50 : CARNAVAL À VENISE
* N° 51 : LES NUITS BLANCHES DE LA TOUR EIFFEL
* N° 52 : LOVE TÉLÉPHONE
* N° 53 : GOLF-PARTY
* N° 54 : L'ENFER DU COLLECTIONNEUR
* N° 55 : LES SOMNAMBULES DU DOCTEUR MARLY
* N° 56 : LES ENVOÛTÉS DU MARABOUT
* N° 57 : LA TUEUSE D'HOMMES
* N° 58 : LA DIVA DU BOIS DE BOULOGNE
* N° 59 LA FOLIE DE BARBE-BLEUE
* N° 60 : LE MANIAQUE DU PARKING
* N° 61 : LE BATEAU DES FILLES PERDUES
* N° 62 : LE DÉMON DU PEEP-SHOW
* N° 63 : LES CHASSEURS DE MIREILLE
* N° 64 : LA PLAGE AUX NYMPHES
* N° 65 : NUITS DE CHINE
* N° 66 : LA FILIÈRE MEXICAINE
* N° 67 : LES SECRETS DE MADAME MAUD
* N° 68 : LA FEMME MASQUÉE
* N° 69 : TRANSPORT DE FILLES
* N° 70 : LA SECRÉTAIRE DU PATRON
* N° 71 : LA PANTHÈRE DES PALACES
* N° 72 : LES PROFANATRICES
* N° 73 : LA TENTATION DE CAROLINE
* N° 74 : LA LOUVE DES BEAUX QUARTIERS
* N° 75 : LES STRIP-TEASEUSES DU PETIT ÉCRAN
* N° 76 : LES MAÎTRESSES FEMMES DE SAINT-TROPEZ
* N° 77 : LE RODÉO DU PLAISIR
* N° 78 : LES PROIES DU COMMANDO
* N° 79 : LA FEMME-FAUCON
* N° 80 : LA TIREUSE D'ÉLITE
* N° 81 : LES VOIX DU DÉSIR
* N° 82 : LES TAXIS DE L'AMOUR
* N° 83 : L'ALLUMEUSE
* N° 84 : MAÎTRE ET ESCLAVE
* N° 85 : GIGOLO STORY
* N° 86 : LA CAVALIÈRE DE L'APOCALYPSE
* N° 87 : LES JEUX DÉFENDUS DE LA PRÉSIDENTE
* N° 88 : L'ÉVENTREUR AUX YEUX D'OR
* N° 89 : JEUNE FILLE AU PAIR
* N° 90 : L'INCONNU DU TRAIN BLEU
* N° 91 : LA CALL-GIRL DE MONTRÉAL
* N° 92 : LA GRANDE BOURGEOISE
* N° 93 : LE PIÈGE ESPAGNOL
* N° 94 : CLUB PRIVÉ
* N° 95 : LA SORCIÈRE DE POMPÉI
* N° 96 : VENGEANCE DE FEMME
* N° 97 : LA DEMOISELLE DE PETITE VERTU
* N° 98 : LE VAMPIRE DE BOURGOGNE
* N° 99 : LA CHIENNE DE LUXE
* N° 100 : L'ÉTALON DE SAUMUR
* N° 101 : FIANCÉES SUR CATALOGUE
* N° 102 : LA SIRÈNE DU LOCH NESS
* N° 103 : L'OGRE DE LA BAIE DES ANGES
* N° 104 : LES AMANTS MAUDITS
* N° 105 : LA VÉNUS DE BELLE-ÎLE
* N° 106 : LA BELLE DU CAP D'AGDE
* N° 107 : LE JUSTICIER DU BOIS DE BOULOGNE
* N° 108 : ÉCHANGE DE FEMMES
* N° 109 : LES NOCES INFERNALES
* N° 110 : LA VIE CACHÉE DU BANQUIER
* N° 111 : L'APPRENTIE SORCIÈRE
* N° 112 : DERNIER ROUND À MARSEILLE
* N° 113 : LES JARDINS DU PLAISIR
* N° 114 : DÉLIT D'INITIÉE
* N° 115 : LE GRAND PRÊTRE DES ARDENNES
* N° 116 : LES PASSIONS DU COLLECTIONNEUR
* N° 117 : LA PAPESSE D'AVIGNON
* N° 118 : LES BALLETS ROSES DE SAINT-MALO
* N° 119 : LA LETTRE DE L'ENFER
* N° 120 : FANTASIA POUR ROCK STAR
* N° 121 : L'ENRAGÉE DU CERCLE POLAIRE
* N° 122 : LE CLUB DES GIRONDINES
* N° 123 : LA POSSÉDÉE DE SÉVILLE
* N° 124 : LA REINE DU SCOOP
* N° 125 : LE TOUR DE FRANCE DU TUEUR DES PLAGES
* N° 126 : LA PUCELLE D'ORLÉANS
* N° 127 : LE PARC AUX LOUPS
* N° 128 : LA RELIGIEUSE DE BUDAPEST
* N° 129 : LES DÉLIRES DE L'INSOMNIAQUE
* N° 130 : LA LOLITA DU TGV
* N° 131 : LES CHASSES DE LA GRANDE CHARTREUSE
* N° 132 : LA DAME DE SHANGHAI
* N° 133 : LA LOI DU TALION
* N° 134 : LE BON PLAISIR DU ROI
* N° 135 : LES NUITS BLANCHES DE SAINT-PÉTERSBOURG
* N° 136 : UN CIRQUE D'ENFER
* N° 137 : LES FRASQUES DU NOTAIRE
* N° 138 : RÉSEAU EXTRA-CONJUGAL
* N° 139 : NOTRE-DAME DE CHARTRES
* N° 140 : LES FAVORITES DU GRAND TURC
* N° 141 : L'ARCHANGE DE FLORENCE
* N° 142 : LE FANTÔME DE L'OPÉRA
* N° 143 : LA DAME DE COMPAGNIE
* N° 144 : LE CHOUCHOU DE LA PROF
* N° 145 : SIMPLE DAMES À ROLAND-GARROS
* N° 146 : PARFUM DE STAR
* N° 147 : DÉRAPAGE EN FORMULE 1
* N° 148 : LES CHARMES DU BIZUTAGE
* N° 149 : POUPÉES SLAVES SANS VISA
* N° 150 : LES CHAÎNES DE LA PASSION
* N° 151 : NOBLESSE OBLIGE
* N° 152 : L'HOMME EN NOIR

* N° 153 : PAQUET-CADEAU POUR GENTLEMEN
* N° 154 : DANSEUSES À DOMICILE
* N° 155 : LE FAUVE DE L'OMBRE
* N° 156 : LA SCANDALEUSE DE LA CROISETTE
* N° 157 : LE SAUVAGE DE LA FRANCILIENNE
* N° 158 : BACCHANALES POUR UN MUTANT
* N° 159 : LE COUP DU PLAGISTE
* N° 160 : LE CALVAIRE DE CHARLES-HENRY
* N° 161 : LA PIEUVRE DE BIARRITZ
* N° 162 : LES DÉBORDEMENTS DE M. LE MAIRE
* N° 163 : LE BOUCHER DE LA RUE DES ÉCOLES
* N° 164 : LA VIERGE ÉTERNELLE
* N° 165 : LE FEU DES ENCHÈRES
* N° 166 : LA NURSE DU PROMOTEUR
* N° 167 : LA PETITE REINE DU TOUR
* N° 168 : LE DÉMON DE MINUIT
* N° 169 : LA VESTALE DU TEMPLE LUNAIRE
* N° 170 : SECRETS DE FAMILLE
* N° 171 : LA DRAG-QUEEN DE WESTMINSTER
* N° 172 : LE COMPLOT DES VEUVES
* N° 173 : LE PONT DES SOUPIRS
* N° 174 : LE BAL DES SORCIÈRES
* N° 175 : LES SŒURS DIABOLIQUES
* N° 176 : BONS BAISERS DE ROISSY
* N° 177 : BAGATELLE POUR PHOTOGRAPHE
* N° 178 : LA DÉESSE DE KATMANDOU
* N° 179 : MIRAGE POUR PRIX DE BEAUTÉ
* N° 180 : LES AVENTURIÈRES DU TROPHÉE PERDU
* N° 181 : LA GRIFFE DE L'ANGE
* N° 182 : CYCLONE À L'ÎLE MAURICE
* N° 183 : LA MORSURE DU RENARD
* N° 184 : LA PASSE SECRÈTE DU TORERO
* N° 185 : LE PHILTRE D'AMOUR
* N° 186 : LE TRAQUENARD INDONÉSIEN
* N° 187 : LE SEIGNEUR D'AUDIERNE
* N° 188 : LA CLINIQUE DU DOCTEUR MOREAU
* N° 189 : LA MASCOTTE DU MONDIAL
* N° 190 : LA FEMME INTERDITE
* N° 191 : LE COUP DE FOLIE D'EMMANUELLE
* N° 192 : LE MUSÉE SECRET
* N° 193 : GEISHA SUR CANAPÉS
* N° 194 : ESCAPADES PRÉSIDENTIELLES
* N° 195 : LE LOUP DANS LA BERGERIE
* N° 196 : LES BICHES DE RAMBOUILLET
* N° 197 : LA PISTE DE LA FÉLINE
* N° 198 : LE FIL DU RASOIR
* N° 199 : LE TRAVESTI D'HALLOWEEN
* N° 200 : LES SORTILÈGES DU CASTRAT
* N° 201 : L'ÉNIGME DU GRAND HÔTEL
* N° 202 : SECRETS D'ALCÔVE
* N° 203 : UNE CERTAINE MADAME EDWARDA
* N° 204 : LA DIABLESSE DES ALPILLES
* N° 205 : LES FILLES DE FRANKENSTEIN
* N° 206 : LA VILLA DU CAP D'ANTIBES
* N° 207 : LA SÉQUESTRÉE DES FRANCOFOLIES
* N° 208 : LA COMPAGNIE DES FILLES SANS VOILE
* N° 209 : LA VIDÉO MAUDITE
* N° 210 : LE FRUIT DÉFENDU
* N° 211 : BACCHANALES AUX BAHAMAS
* N° 212 : L'ENLÈVEMENT DES SABINE

N° 213 : LA NUIT DU TOP MODEL
N° 214 : LA MADONE DES CHANTIERS
N° 215 : LES SERVANTES D'APHRODITE
N° 216 : LA SECTE DU CIGARE
N° 217 : LA DOUBLE VIE DU PATRON
N° 218 : LA FORTERESSE DES VOLUPTÉS
N° 219 : L'ALCHIMISTE DU DÉSIR
N° 220 : LES TROPHÉES DU GUERRIER
N° 221 : LES VEUVES NOIRES DU GOLF
N° 222 : LE SWING DE LA COMTESSE NOIRE
N° 223 : LA JUSTICIÈRE DE STRASBOURG
N° 224 : LES COULISSES DU POUVOIR
N° 225 : LA MUSE DU PEINTRE FOU
N° 226 : LE FANTASME DU MANNEQUIN
N° 227 : LA FÉE DES SANS-LOGIS
N° 228 : LA THALASSO DU PLAISIR
N° 229 : LE PURGATOIRE DES ANGES DÉCHUS
N° 230 : LES GLADIATEURS DE MESSALINE
N° 231 : SOURICIÈRE POUR UNE CALL-GIRL
N° 232 : L'AUTOROUTE DU CYBERSEXE
N° 233: PIÈGE À FILLE AU MONT VENTOUXS

MICHEL BRICE

# BRIGADE MONDAINE

## HÔTESSE SPÉCIALE POUR JET PRIVÉ

VAUVENARGUES

*Les dossiers Brigade Mondaine de cette collection sont fondés sur des éléments absolument authentiques. Toutefois, pour les révéler au public, nous avons dû modifier les notions de temps et de lieu ainsi que les noms des personnages ;*
*Par conséquent, toute ressemblance avec des personnes existantes ou ayant existé serait totalement involontaire et ne relèverait que du hasard...*

Le Code de la propriété intellectuelle n'autorisant, aux termes de l'article L. 122-5 2° et 3° a), d'une part, que les « copies ou reproductions strictement réservées à l'usage privé du copiste et non destinées à une utilisation collective », et d'autre part, que les analyses et les courtes citations dans un but d'exemple ou d'illustration, « toute représentation ou reproduction intégrale ou partielle, faite sans le consentement de l'auteur ou de ses ayants droit ou ayants cause, est illicite » (article L.122-4).
Cette représentation ou reproduction, par quelque procédé que ce soit, constituerait donc une contrefaçon sanctionnée par les articles L. 335-2 et suivants du Code de la propriété intellectuelle.

© CEGEP/VAUVENARGUES 2003.
ISBN : 2-7443-0857-9

## Chapitre I

Le tri-réacteur Falcon 900, joyau des établissements Dassault, acheva de traverser l'épaisse couche de nuages qui recouvrait une bonne partie de l'Europe en ce début décembre, et surgit comme une flèche au milieu d'un océan d'azur. Soudain, des flots de lumière éblouissante envahirent le spacieux et confortable habitacle du jet privé, comme si des milliers d'ampoules venaient de s'allumer en même temps.

En clignant des yeux sous cette luminosité à laquelle ses pupilles n'étaient pas habituées, Serge Marchal descendit le volet coulissant de son hublot. Il constata que, dans le même réflexe, la plupart de ses compagnons de voyage en faisaient autant. À présent, il régnait dans l'avion une pénombre douce et confortable, où on voyait juste assez clair pour ne pas avoir besoin d'allumer. Autour des parois de tissu, des cercles de lumière vive donnaient l'impression, comme dans une villa tropicale à l'heure de la sieste, que des volets fermés empêchaient un soleil de plomb de pénétrer à l'intérieur. Alors qu'en fait, la température extérieure devait avoisiner les moins quarante...

L'intérieur du Falcon évoquait un salon ultra-confortable, ou l'habitacle d'une berline de grand luxe, genre Rolls-Royce, avec ses boiseries en loupe d'orme, ses fauteuils en cuir connolly au parfum délicat. En fait de luxe, d'ailleurs, il aurait presque fallu inventer un autre mot. Car la « berline » en question, capable d'emporter une vingtaine de passagers sur plus de six mille kilomètres de distance sans escale, valait la bagatelle de vingt-huit millions d'euros...

S'il faisait une température polaire à l'extérieur, à l'intérieur, en revanche, il faisait plutôt chaud. Un tout petit peu trop chaud, même, auraient jugé certains. Mais Serge Marchal avait donné des instructions précises dans ce sens. Et pendant toute la durée de ce vol qu'il avait affrété pour se rendre de Zurich à Londres avec une poignée de proches collaborateurs, c'était lui le patron. Il l'était ici, comme il l'était en tant que P.-D.G. du groupe international de communications Media Net International, le cinquième de la planète. Une sorte de monarque absolu, dans son domaine. Un homme qui, à coups d'« OPA[1] » et de « fusions-acquisitions[2] », était

1. Opérations par Actions. Elles consistent généralement à racheter, en petit ou en grand nombre, celles d'une entreprise concurrente, afin d'en prendre progressivement le contrôle. On parle, dans ces cas-là, d'« OPA hostiles ».

2. Association de deux entreprises, l'une prenant le contrôle de l'autre, afin d'en créer une troisième, plus importante que les précédentes.

devenu l'un de ces nouveaux rois du monde, dont la puissance se mesure aussi bien à la fortune personnelle qu'à l'étendue de leur empire. Et même si, sur l'échelle du « media business » international, son « empire » à lui n'était que le cinquième, il était quand même suffisamment vaste pour faire de lui un « empereur » incontesté.

Cette réussite, acquise après des années de travail acharné, de luttes et d'intrigues, avait un avantage qui, aux yeux de Serge Marchal, dépassait largement tous les privilèges de la fortune : celui de ne jamais s'entendre répondre « non ». Il en éprouvait une satisfaction dont, à quarante-cinq ans, il ne s'était encore jamais lassé.

C'était ça, pour lui, la véritable ivresse du pouvoir : une volupté que la plupart des hommes ne connaîtraient jamais.

Et en parlant de volupté…

Il inclina son vaste fauteuil de cuir crème situé à l'arrière de la cabine et s'empara de son verre de scotch, posé sur la tablette d'acajou à côté de lui. En sirotant à petites gorgées son whisky préféré, du Royal Lochnagar 20 ans d'âge hors de prix, il contempla avec satisfaction le manège feutré qui se déroulait à l'intérieur de l'avion.

Les fauteuils, semblables au sien, étaient largement espacés. Il n'y en avait qu'une quinzaine, pour que chaque passager puisse y être aussi à l'aise que dans son propre living : les sièges pivotaient à trois cent soixante degrés pour former des coins-salons où l'on se faisait face, et s'inclinaient jusqu'à l'horizontale en se prolongeant de vastes repose-pieds pour se transformer en lits. À l'arrière de l'appareil, dans le dos de Marchal, il y avait même une chambre, séparée du reste de l'habitacle par une cloison, et comportant un véritable lit, modèle « king size ». Sur ce vol, elle lui était bien sûr réservée. Mais pour l'heure, il n'avait pas envie de s'isoler. Ce qu'il avait sous les yeux était trop agréable à regarder.

Les hôtesses, en l'occurrence…

Sur un vol privé « normal », dans un avion de cette taille et avec aussi peu de passagers, elles n'auraient pas été plus d'une ou deux : ça suffisait largement pour servir les collations ou les consommations.

Sur ce vol-ci, elles étaient dix. Il est vrai que leurs attributions dépassaient très largement le service classique. Elles évoluaient le long du couloir central, entre les fauteuils — qu'il y avait parfois assez de place pour contourner —, distribuant des sourires et ondulant des hanches sous leurs uniformes… lesquels n'évoquaient que d'assez loin les stricts tailleurs traditionnels de leurs consœurs des autres lignes aériennes.

Mais si la compagnie à laquelle appartenait le Falcon 900 s'appelait Septième Ciel, ce n'était pas par hasard.

Ici, les uniformes des hôtesses consistaient en une petite robe roire, ultra-légère, soutenue par de fines bretelles… et ultra-courte. Si courte qu'elle laissait dépasser l'autre partie de l'uniforme : des porte-jarretelles crème, retenant des bas de soie noirs, assortis à la robe.

Pour tout dire, la petite robe noire légère des hôtesses était courte au point de s'arrêter pile à l'endroit où se rejoignaient les longues jambes de celles qui les portaient. C'est-à-dire à l'orée de leur féminité la plus secrète, que ne défendait rien d'autre qu'une toison naturelle blonde, brune, ou rousse...

Car la petite culotte, elle, ne faisait pas partie de l'uniforme.

Avec un sourire satisfait, Serge Marchal observa le manège auquel se livraient depuis un moment deux de ses plus proches collaborateurs, Thomas Lefébure et Roland Safrier, dont les fauteuils se trouvaient à la même hauteur, séparés seulement par le couloir central. À tour de rôle, les deux trentenaires se faisaient servir une boisson et faisaient mine d'avoir oublié le verre précédent, vide, sur le siège situé à côté du leur, c'est-à-dire le plus éloigné du couloir. Ce qui obligeait l'hôtesse à se pencher profondément pour le récupérer. Dans le mouvement, sa petite robe noire, qui ne demandait que ça, lui remontait carrément jusqu'en haut des fesses, offrant au deuxième larron, assis derrière elle, un gros plan étourdissant sur les pétales nacrés de son intimité.

L'hôtesse, évidemment, jouait le jeu. Faisant mine de ne s'apercevoir de rien, elle cambrait les reins au maximum et entrouvrait les jambes...

De sa position d'observateur privilégié, au fond de l'appareil, Serge Marchal pouvait constater que les deux complices étaient écarlates, tant à cause des boissons successives que du spectacle affolant qui les accompagnait. Soudain, alors que leur petit manège durait déjà depuis un bon moment, Lefébure craqua le premier. Alors que l'hôtesse, une brune superbe aux longues jambes et à la poitrine lourde, était penchée sur lui, il se défit à toute vitesse, libéra sa virilité tendue à éclater et posa une main ferme sur la nuque de la jeune femme. Qui comprit le message — suffisamment clair — et se pencha un peu plus pour engloutir consciencieusement le membre raide qui s'offrait à sa bouche.

N'y tenant plus, lui aussi, Safrier se leva, se défit à son tour, et plongea jusqu'à la garde entre les pétales moites, protégés par les deux magnifiques globes de la superbe croupe. Marchal le vit s'agiter frénétiquement pendant un laps de temps assez court, avant de prendre son plaisir avec une grimace et des petits cris aigus. Un râle prolongé se fit entendre à peu près au même moment : celui que poussa Lefébure en se vidant au fond de la gorge de l'hôtesse. Laquelle attendit consciencieusement la dernière goutte du dernier jet de liqueur virile, avant de se relever. Le plus naturellement du monde, elle repassa sa robe d'uniforme du plat de la main et s'essuya discrètement la commissure des lèvres à l'aide d'un mouchoir en papier. Puis elle sourit à tour de rôle aux deux passagers en demandant :

— Vous besoin encore quelque chose, messieurs ?

Les « messieurs » en question, repus, répondirent sèchement par la négative. L'hôtesse s'éloigna. Serge Marchal se fit une nouvelle fois la réflexion que c'était quand même curieux qu'aucune de ces filles — pas plus que le stewart qui les accompagnait — ne parle correctement anglais, ni français. Ni allemand, d'ailleurs, alors que la compagnie Septième Ciel était basée à Francfort. Mais après tout, tant qu'elles faisaient bien ce qu'elles étaient censées faire — et c'était le cas — ce « détail » linguistique était secondaire. Marchal le chassa aussitôt de son esprit pour penser à autre chose.

En l'occurrence, à ce qui se passait un peu plus près de lui, à mi-chemin entre les fauteuils de Lefébure et Safrier, et le sien.

Annelise Delaroche, une des membres les plus influentes de son bureau exécutif « Far East [1] », sirotait d'une main ce qui semblait être un « bloody-mary », tout en lisant le Wall Street Journal, ses lunettes sur le bout du nez. Ses cheveux châtains étaient sagement relevés en chignon, et elle portait un élégant tailleur Chanel gris perle avec un collier d'améthystes en sautoir. Annelise Delaroche offrait son image habituelle : celle d'une « executive woman » efficace et professionnelle jusqu'au bout des ongles. À un petit détail près : la jupe de son tailleur était relevée jusqu'à la taille, et elle avait posé les pieds sur les accoudoirs du fauteuil inoccupé qui lui faisait face. Une des hôtesses, agenouillée entre ses longues jambes, avait le visage enfoui au plus profond de son intimité. Au mouvement régulier de sa tête, il n'était pas difficile de

1. Extrême-Orient.

comprendre qu'elle s'évertuait à lui donner du plaisir, avec une application qui forçait le respect.

Quant à l'attitude d'Annelise, elle forçait carrément l'admiration.

Pas un trait de son visage ne trahissait la volupté qu'elle éprouvait. Quelqu'un qui n'aurait vu que la partie supérieure de son corps n'aurait pas douté un seul instant avoir sous les yeux une élégante cadre supérieure, profitant d'un voyage d'affaires pour se tenir informée des cours de la bourse.

Serge Marchal eut un sourire admiratif. C'était bien ce sang-froid, ce parfait contrôle d'elle-même en toutes circonstances, qu'il avait toujours le plus admiré chez Annelise Delaroche. En plus de ses qualités professionnelles. Et de sa beauté, bien sûr. L'ensemble formait un cocktail qu'il trouvait irrésistible… et auquel, d'ailleurs, il n'avait jamais cherché à résister. Quant à Annelise… elle non plus ne lui avait jamais résisté. L'idée, Marchal en était convaincu, ne lui avait même jamais traversé l'esprit. Dès le premier jour où il l'avait engagée, le P.-D.G. de Media Net International avait goûté une fois de pus à son plaisir favori : celui de ne jamais s'entendre répondre « non ».

Il voulut appeler le steward — un éphèbe blond qui, lui non plus, ne semblait parler aucune langue connue —, histoire de lui commander un autre Royal Lochnagar. Il l'aperçut à l'autre bout de l'avion. Très occupé, lui aussi… à se livrer au même genre d'exercice auquel l'hôtesse se livrait sur l'intimité d'Annelise Delaroche. Mais sur

Mathieu Dutheil, un de ses principaux représentants pour les États-Unis !

— Ça alors ! murmura Marchal, les yeux ronds, je ne savais pas que Dutheil était branché mecs !

Il s'empressa de regarder ailleurs. Que Mathieu Dutheil préfère les garçons lui était indifférent. Après tout, chacun ses goûts. C'était son droit et ça ne le regardait pas. Mais le spectacle de deux hommes en train de se livrer ensemble à... Non, décidément, c'était plus que son tempérament d'hétérosexuel endurci ne pouvait en supporter.

Il décida mentalement que, dorénavant, il ne se ferait plus servir que par des hôtesses. C'était plus sûr.

Malheureusement, plus aucune d'entre elles n'était disponible pour l'instant. L'habitacle du Falcon 900, où la température grimpait de minute en minute, était devenu le cadre feutré d'une véritable partouze.

Avant le vol, Marchal avait annoncé à tous ses collaborateurs participant au voyage qu'il leur avait réservé une « petite surprise »... en plus de leurs énormes primes de fin d'année. Et les collaborateurs en question, passé un moment d'hésitation, étaient tous en train de profiter de leur « surprise » avec un enthousiasme qui, d'ailleurs, lui faisait plaisir. L'alcool aidant, les inhibitions étaient tombées, et la gêne à l'idée de se livrer à des ébats intimes sous les yeux du « big boss », comme tout le monde l'appelait, avait disparu. À présent, les gémissements de plaisir et les râles de jouissance couvraient largement le ronronnement sourd des trois réacteurs de l'appareil.

Ça avait quelque chose d'hallucinant. Même la secrétaire particulière de Marchal, Marie-Françoise Joubert, si réservée d'habitude, était à quatre pattes sur son fauteuil et se faisait consciencieusement empaler par le membre noueux de l'autre steward. Qui lui, au moins, semblait cent pour cent hétéro.

Gilles Desouches et Alain Dumoutiers les deux principaux avocats fiscalistes de Media Net International, « partageaient » une fille. Couché sous elle au milieu du couloir, Desouches la prenait par son orifice le plus étroit, tandis que Dumoutiers lui pilonnait le ventre.

Deux autres hôtesses s'appliquaient à engloutir la virilité de Pascal Dux et Grégoire Charles, qui, assis l'un à côté de l'autre, commentaient joyeusement les compétences de leurs partenaires respectives et les échangeaient régulièrement.

Des paires de jambes nues dont Marchal ne distinguait pas les propriétaires émergeaient de certains « coins-salons ». À d'autres endroits de l'avion, on ne voyait que des reins masculins s'agitant furieusement contre des fesses ou des ventres cachés par les hauts dossiers…

Dans un premier temps, le « big boss » de Media Net International s'était promis de ne pas participer aux ébats. Histoire de conserver sa dignité devant ses subordonnés et de ne pas risquer de compromettre son autorité. Serge Marchal partait du sage principe selon lequel il est plus difficile de donner des ordres, de renvoyer ou tout simplement de se faire obéir, de quelqu'un qui vous a vu tout nu, la virilité à l'air, en train de vous vautrer dans « le stupre et la fornication ».

Mais à présent, toute cette débauche de sexe lui portait aux sens. Il fallait croire que c'était contagieux... comme pouvait le laisser penser l'érection impressionnante qui transformait en chapiteau de cirque le pantalon de son costume de laine grise.

Il aurait volontiers, lui aussi, fait appel aux « services » d'une des hôtesses de Septième Ciel. Ou même deux. Malheureusement, elles étaient toutes « en main ». C'était un comble ! Lui, le grand patron, le maître absolu, se voyait privé de ce qu'il offrait en abondance à ses subordonnés des deux sexes !

Il n'allait quand même pas se donner le ridicule de quitter son fauteuil pour aller arracher l'une des filles à son partenaire du moment !

Il tâcha de mettre provisoirement de côté le désir qui lui enflammait le ventre, en vidant le fond de son verre de whisky. Ce faisant, son regard tomba sur la petite console incrustée dans la coque d'acajou de son fauteuil. Elle comportait un bouton d'appel destiné aux hôtesses. Il appuya dessus à tout hasard, sans trop d'illusions.

L'instant d'après, il reposa brutalement son verre vide, une expression stupéfaite sur le visage.

À l'autre bout de l'avion, de derrière le rideau donnant sur le petit compartiment privé réservé au personnel de bord, surgit une créature que Marchal était certain de n'avoir encore jamais vue depuis le début du vol.

Sa stature le frappa en premier.

La fille devait bien mesurer un mètre quatre-vingts, avec des épaules carrées qui ne l'empêchaient pas d'être d'une féminité superbe. Elle était même… sculpturale ! Une chose, en tout cas, était sûre : si Marchal l'avait vue plus tôt, il l'aurait remarquée.

Pour plusieurs raisons.

D'abord, parce qu'elle était la seule fille à bord à avoir la peau café au lait d'une Antillaise ou d'une Sud-américaine.

Ensuite, parce qu'elle ne portait pas la petite robe noire ultra-courte « réglementaire », mais un corset de latex noir qui lui enserrait la taille et faisait jaillir à l'air libre sa poitrine fabuleuse, lourde et ferme à la fois, dotée d'aréoles sombres aussi larges que des sous-tasses. Ses jambes interminables étaient moulées par des cuissardes noires, à hauts talons, qui montaient jusqu'en haut des cuisses, ne laissant à l'air libre qu'un ruban de chair ferme et soyeuse. Le corset se prolongeait, entre ses jambes, par un triangle de la même matière qui devait se terminer en string entre ses fesses. Le triangle en question, très mince, cachait une féminité soigneusement épilée, sans que le moindre renflement suspect ne puisse faire douter du sexe de la créature.

Ses cheveux noirs, épais et lisses, cascadaient de chaque côté de son visage à l'ovale parfait, au nez à peine busqué et aux pommettes saillantes.

Mais le « clou » de sa tenue — c'était le cas de le dire —, c'était le collier de chien qu'elle portait autour du cou. Un collier clouté… auquel était fixée une longue chaîne se terminant par une poignée pour former une laisse. Poignée qu'elle tenait avec assurance dans l'une de ses mains, elles aussi enfermées dans des gants de latex noir remontant jusqu'aux coudes.

« La parfaite maîtresse sado-maso », pensa Marchal. Lequel avait un penchant inavoué pour tout ce qui touchait au « SM ». Un penchant qu'il avait toujours gardé secret, allant même jusqu'à s'abstenir d'y céder. Un homme de son envergure, pensait-il, ne pouvait pas prendre le risque de voir révéler au public — et encore moins à ses partenaires professionnels — des tendances sexuelles un peu « spéciales ».

Mais à cet instant précis, devant la beauté presque irréelle de la nouvelle venue, et vu l'ambiance qui régnait dans l'avion, il se sentait prêt à céder, pour une fois, à ses pulsions secrètes.

La fille s'avança entre les fauteuils, en direction de celui de Marchal, un large sourire découvrant une rangée de dents étincelantes. Aussitôt, le P.-D.G. de Media Net International imagina sa virilité engloutie entièrement par cette bouche aux lèvres sombres, épaisses, et d'une sensualité à donner le vertige.

Elle se planta devant lui, jambes écartées, poings aux hanches. Mais sans cesser de sourire, ce qui ne cadrait pas avec le comportement classique de la « dominatrice », et le rassura un peu.

— Vous m'avez appelée, monsieur ? demanda-t-elle d'une voix rauque qui fit monter de plusieurs degrés la température de Serge Marchal.

— Oui, s'étrangla celui-ci. Enfin, j'appelais à tout hasard. Je croyais que vous étiez toutes occupées.

La Brésilienne — il la supposait telle à son accent vaguement portugais — partit d'un rire de gorge.

— Je me réservais pour vous, monsieur.

— C'est gentil de votre part, tenta d'ironiser Marchal.

Tout en se demandant qui, parmi ses intimes, pouvait bien connaître ce penchant qu'il n'avait jamais révélé, et lui avait préparé cette petite surprise « sur mesure »...

Il ne s'attarda pas longtemps sur cette question. La créature à la silhouette de déesse antique venait de sortir d'une minuscule poche de son corset un objet qui ressemblait à un bâton de rouge à lèvres.

— Qu'est-ce que c'est que ça ? demanda Marchal.

— Du rouge à lèvres, répondit la fille, confirmant sa première impression.

— Je n'en vois pas vraiment l'utilité. Vous êtes très belle comme vous êtes.

Le sourire de la créature s'élargit. Sa bouche n'en devint que plus voluptueuse.

— Ce n'est pas un rouge à lèvres ordinaire, dit-elle. C'est une recette magique. Avec ça sur les lèvres, quand je vais prendre ta queue dans ma bouche, tu vas exploser de bonheur comme jamais ça ne t'est arrivé de ta vie !

Le feu qui brûlait le ventre de Marchal devint

incandescent. Le tutoiement soudain de la fille, ajouté à son langage cru, le mettait au bord de l'apoplexie.

Sans plus attendre, elle tomba à genoux devant lui et lui écarta les jambes d'un geste ferme et autoritaire. Puis elle le défit en quelques gestes précis, libérant sa virilité qui jaillit à l'air libre comme un ressort tendu jusqu'à la limite du point de rupture.

— Je vois que je te fais de l'effet, sourit-elle. C'est bien. Ton plaisir n'en sera que plus intense.

En le fixant d'un regard brûlant, elle enduisit ses lèvres pulpeuses du rouge à lèvres qui avait une couleur sombre, presque noire, au point d'être pratiquement invisible sur sa bouche.

Elle frotta ses lèvres l'une contre l'autre avec des mimiques évocatrices qui donnèrent le vertige à Marchal. Puis, sans attendre, elle plongea la tête vers le centre névralgique de son anatomie et l'engloutit d'un seul coup, entièrement, jusqu'à ce que son nez vienne respirer les effluves musqués de sa toison intime. Elle le garda ainsi un long moment, sans bouger la tête. Mais à l'intérieur du fourreau brûlant, Marchal sentit sa langue s'agiter autour de lui en un ballet diabolique.

Il poussa un râle de plaisir et se laissa aller en arrière dans son fauteuil.

Dans le reste de l'habitacle, ses invités continuaient de s'abandonner frénétiquement au plaisir, sans paraître se soucier de lui, ce qui l'arrangeait nettement.

La langue de la créature cessa son ballet infernal

et elle se mit à le faire coulisser lentement entre ses lèvres serrées.

Presque ausssitôt, Marchal ressentit une volupté comme il n'en avait jamais connue. Ce n'était pas la première fois qu'on le gratifiait d'une fellation, loin de là. Annelise, pas plus tard qu'hier, dans son bureau... Mais ce qu'il éprouvait maintenant était d'une intensité, presque d'une violence... dont il ignorait sincèrement qu'elle fût possible.

La fille n'avait pas menti. Si c'était son rouge — ou plutôt son noir — à lèvres qui lui faisait cet effet-là, c'était véritablement magique. Marchal eut le temps de se dire qu'il faudrait qu'il lui demande où se le procurer... juste avant d'être emporté par une tornade de jouissance qui lui vida le cerveau.

Et le reste.

Avec des râles bruyants qu'il ne chercha même pas à contenir, il explosa dans la bouche de la créature. Longuement. Interminablement... Il lui semblait que ses réserves de liqueur virile étaient soudain devenues inépuisables, un peu comme ces acteurs de films pornos — ces « hardeurs » — qui paraissent toujours en produire des litres.

Jamais, de mémoire d'homme à femmes, il n'avait connu un orgasme d'une telle force, et d'une telle durée.

Le plaisir le laissa vidé... à tous les sens du terme.

La tête rejetée en arrière sur le dossier moelleux de son fauteuil-club, Marchal mit plusieurs minutes à reprendre ses esprits. Et son souffle.

Ce fut un cri qui le fit revenir brutalement à lui.

Il se redressa dans son siège et constata que c'était la fille qui venait de crier.

Et pas de plaisir, visiblement.

Avec stupeur, Marchal constata qu'elle avait réussi à pâlir, malgré son teint sombre. Son visage était déformé par un rictus de douleur et elle tenait ses deux mains gantées crispées sur sa poitrine.

— Qu'est-ce qui se passe ? interrogea Marchal dans un début d'affolement.

Au lieu de répondre, la fille poussa un nouveau cri, plus perçant, plus long et plus douloureux encore que le premier.

Et s'affala comme une masse, face contre le tapis de la cabine, les mains toujours crispées sur son thorax.

Elle était d'une immobilité minérale. Pour autant que Marchal puisse en juger, elle avait même cessé de respirer.

Soudain, la panique l'envahit comme l'eau d'un barrage venant de céder.

Moins à cause de la fille, dont le sort lui était aussi indifférent que sa première cotation en bourse, mais à la perspective du scandale épouvantable que déclencherait sa mort en sa présence, dans cet avion, et dans des circonstances aussi… compromettantes.

Si elle était morte, évidemment. Et il fallait bien reconnaître que la sculpturale créature de tout à l'heure avait de plus en plus l'air d'un cadavre.

Serge Marchal se rajusta à toute vitesse et se jeta dans le long couloir central de l'habitacle. Ses collaborateurs, qui n'avaient rien remarqué de la scène, continuaient leurs ébats avec une frénésie qui tenait de la goinfrerie, à la manière de ces gens, dans les cocktails et les buffets, qui bâfrent à s'en rendre malades « parce que c'est gratuit ».

— Francis ! hurla le P.-D.G. de Media Net International.

Aussitôt, un quinquagénaire dégarni et légèrement bedonnant repoussa l'hôtesse qui lui administrait une fellation et tourna un regard inquiet vers son patron.

Tous les autres l'imitèrent.

— Qu'est-ce qu'il y a, Serge ?

— Viens voir tout de suite ! La fille avec qui j'étais... j'ai l'impression qu'elle m'a claqué entre les doigts !

Francis Jousseaume, qui avait fait des études de médecine avant de bifurquer vers une carrière plus lucrative d'agent de change, se reboutonna non sans mal et suivit Marchal en courant vers l'autre bout de l'avion. Il retourna la fille au corset noir, lui palpa la jugulaire, lui prit le pouls et colla enfin son oreille sur sa poitrine.

— Aucun doute, fit-il en relevant la tête : elle est clamsée !

Plus pâle encore que le cadavre, Serge Marchal se laissa retomber dans le fauteuil où, quelques minutes plus tôt, la morte lui administrait la plus incroyable des fellations.

— Mais... qu'est ce qui lui est arrivé ?... Qu'est-ce qui s'est passé ?

— Arrêt du cœur à la suite d'un infarctus du

myocarde, répondit doctement Francis Jousseaume. En language courant : crise cardiaque.

Marchal secoua lentement la tête :

— Ça alors !... c'est la meilleure de l'année !

Jousseaume eut un demi-sourire amer :

— Façon de parler. Et le plus drôle, si j'ose dire, c'est que ça n'arrive presque jamais aux femmes.

— Comment ça ?

— Ben oui. Tu as vu beaucoup de femmes mourir d'une crise cardiaque, toi ?

Marchal eut une mimique signifiant qu'il ignorait la réponse à cette question et qu'il s'en fichait.

Il leva les yeux. Derrière Francis Jousseaume, tous les participants au voyage étaient rassemblés et contemplaient le cadavre avec des mines horrifiées. Les hôtesses et les deux stewarts, eux, s'étaient repliés sagement à l'autre bout de l'avion.

Marchal fit signe à Roland Safrier :

— Roland, va dire au personnel qu'il disparaisse derrière le rideau de séparation. Tout ça ne les regarde pas.

Safrier obéit, pendant que Marchal se concentrait sur la situation. Ses réflexes de « tueur » — comme on l'appelait à Wall Street — reprenaient le dessus à toute vitesse. Il planta dans celui de son collaborateur un regard que Jousseaume connaissait bien : celui que Marchal avait toujours quand il s'apprêtait à prendre une décision grave, comportant des risques.

— Il n'est pas question qu'on la trouve ici, avec nous, dans cet avion, lâcha-t-il froidement. Tu imagines le bordel dans les media ? Et les gros titres :

« Les partouzes volantes de Media Net International » ?...

— J'imagine... reprit Jousseaume. Mais qu'est-ce qu'on peut faire ? Tout de même pas la balancer par la portière !

Le regard de Marchal se durcit encore :

— Si. Justement.

Il regarda sa montre :

— On a quitté Zurich à quatorze heures... Encore une petite heure avant d'arriver à Londres... Ça veut dire qu'on doit être au-dessus de la Manche...

— Et alors ?

— Et alors, on va dire au pilote de descendre autant que possible et de réduire la vitesse au maximum, pour qu'on puisse ouvrir la porte en toute sécurité. On enverra cette pauvre fille se faire bouffer par les poissons et on n'en parlera plus. Fin de l'incident.

Annelise Delaroche ne réussit pas à se contenir une seconde de plus.

— Mais enfin, Serge, cria-t-elle, tu es devenu fou, ou quoi ! Tu te rends compte de ce que tu dis ? Tu veux nous envoyer tous en taule ? Il n'est pas question que je te laisse faire une chose par...

— Je ne te demande pas ton avis ! l'interrompit Marchal en hurlant. C'est toujours moi le patron, ici, oui ou merde ? Tu tiens à ce que la police vienne enquêter sur ta vie privée ? Et vous autres, vous avez envie de voir vos petites histoires de cul étalées dans la presse ? Et vous avez pensé au groupe ?

Aux répercussions qu'une histoire pareille pourrait avoir sur la société ?

Personne ne répondit. Les uns et les autres se contentaient d'échanger des regards ennuyés… Très ennuyés.

— Dernière chose, aboya Marchal. N'oubliez surtout pas que c'est moi qui prends les décisions, dans ce groupe ! Toutes les décisions ! Alors s'il y en a un qui a envie de quitter la société, qu'il le dise !…

Il jeta un bref regard à la fille morte et ajouta :

— Et puis après tout, ce n'est jamais qu'une pute, pas la fille du Président de la République ! Sa disparition ne va quand même pas déclencher le plan Vigipirate !

Au silence particulièrement lourd qui suivit, il était clair que tout le monde avait compris le message. Et s'était rangé comme un seul homme — ou une seule femme — derrière le « big boss ».

Thomas Lefébure risqua pourtant une objection :

— Et si le pilote n'est pas d'accord pour exécuter cette petite… manœuvre ?

Marchal le fusilla du regard.

— J'ai affrété cet appareil au nom de Media Net International, dont je suis le président. Je suis donc aussi le patron à bord, depuis le départ jusqu'à l'arrivée. Le pilote est censé m'obéir à moi, et à personne d'autre, pendant ce laps de temps.

Il se racla la gorge, soudain en proie à un léger doute sur ce qu'il venait de dire. Le commandant de bord était à son service pour la durée du voyage, certes, mais il était quand-même tenu de respecter un plan de vol, ainsi que les réglementations aériennes.

Marchal se pencha vers Francis Jousseaume, toujours accroupi à côté de lui… et du cadavre de la fille.

— Francis, lui dit-il à voix basse, tu vas aller voir le pilote pour lui demander de faire ce que je viens de dire. S'il refuse, ce qui est probable, tu lui proposes un petit « bonus » d'un million d'euros, d'accord ? Ça devrait suffire à balayer ses problèmes de conscience.

— Entendu, fit Jousseaume en se levant.

Il s'éloigna en direction du poste de pilotage.

Tous les autres restèrent là, à contempler pensivement le corps de la fille morte, si étrangement, d'une crise cardiaque.

— Au fait, intervint Mathieu Duteil, celui qui s'était « offert », un peu plus tôt, les faveurs du steward ; ça flotte, un cadavre. Puisque nous sommes tous d'accord pour le faire disparaître, je crois qu'il serait préférable pour nous tous qu'il ne remonte pas à la surface.

Serge Marchal lui jeta un regard en biais. Depuis qu'il avait découvert l'homosexualité de Duteil, il n'arrivait plus à le considérer tout à fait de la même façon.

N'empêche qu'il avait raison : il ne fallait pas que le cadavre remonte à la surface ou vienne s'échouer sur une plage, sous le nez de la police. Surtout pas.

— Il suffit de le lester avec quelque chose de lourd, décréta-t-il.

Chacun se mit à regarder autour de lui, à la recherche d'un objet pouvant faire l'affaire.

Serge Marchal soupesa sans états d'âme la chaîne fixée au cou de la fille et faisant office de laisse.

— Voilà déjà de quoi attacher l'objet en question, dit-il froidement.

Il s'écoula encore plusieurs minutes avant que Roland Safrier ne lance un triomphant :

— J'ai trouvé !

Debout au milieu des autres, Safrier brandissait un extincteur rouge vif.

— Ça pèse au moins vingt kilos, ce truc-là ! fit-il. À mon avis, ça devrait faire l'affaire.

Marchal soupesa l'engin et eut une grimace de satisfaction.

— Je le crois aussi, dit-il.

Jousseaume revint à ce moment-là et adressa une mimique entendue à Marchal.

— C'est O.K. avec le pilote, dit-il. Il fera clignoter les signaux d'extinction des cigarettes quand ce sera le moment. Il dit qu'il faut lui laisser le temps de descendre à 300 ou 400 mètres d'altitude pour pouvoir ouvrir la porte sans risques, vu que la pression interne de la cabine est normalement réglée sur 2 000 mètres.

Lefébure et Jousseaume s'y mirent à deux pour fixer l'engin au bout de la laisse, suffisamment solidement pour qu'il ne se décroche pas au cours de la chute. Ni après.

Ce travail accompli, Marchal se mit à regarder fixement les avertisseurs lumineux d'interdiction de fumer, placés au-dessus des sièges. Au bout de quelques minutes, ils se mirent à clignoter d'une manière anormale.

— C'est bon, décréta-t-il, on y va ! C'est le moment ! Que tout le monde retourne à son fauteuil et attache sa ceinture solidement !

Chacun obéit sans se le faire répéter.

— Francis, ordonna Marchal à Jousseaume, tu vas te sangler fermement au fauteuil le plus proche de la porte et me tenir par la ceinture, pendant que j'ouvrirai et que je balancerai le colis. C'est clair ?

Jousseaume acquiesca d'un signe de tête.

Les deux hommes se mirent en position. Immédiatement après, Serge Marchal tira vers l'arrière la grosse poignée verticale barrant la lourde porte aux marches d'accès intégrées... À l'instant où celle-ci commença à basculer vers l'extérieur, le vent s'engouffra en hurlant dans la cabine, faisant voler tout ce qui traînait. Tous les passagers étaient accrochés à leur siège avec des mines terrifiées. À l'exception du P.-D.G. de Media Net International, que Francis Jousseaume agrippait de toutes ses forces par sa ceinture de croco.

Avec une audace que son collaborateur ne put s'empêcher d'admirer, Marchal traîna le cadavre d'une main jusqu'à la limite du vide, tout en retenant la porte de l'autre pour l'empêcher de basculer complètement, ce qui l'aurait rendue quasiment impossible à relever ensuite. Ce faisant, il avait un bras dans le vide. Jousseaume le vit grimacer de douleur pour ne pas lâcher prise sous la pression terrible du vent. Puis, dans un dernier effort, Marchal poussa le corps de la fille dans l'interstice. L'effet de « siphon » provoqué par l'ouverture acheva le travail et aspira le cadavre à l'extérieur.

Il disparut en une fraction de seconde, entraînant l'extincteur avec lui, au bout de sa laisse.

Serge Marchal referma la porte en tirant de toutes ses forces, et le hurlement du vent s'arrêta net. Il se recoiffa, remit de l'ordre dans sa tenue, et s'adressa à ses passagers, qui le fixaient avec des expressions hallucinées.

— Et maintenant, lança-t-il, rappelez-vous bien une chose, tous et toutes, autant que vous êtes : il ne s'est rien passé ! Cette fille ne s'est jamais trouvée à bord, vous ne l'avez jamais vue, et pour autant que vous sachiez, elle n'a jamais existé ! D'ailleurs, nous ne sommes jamais montés dans cet avion ! C'est bien clair pour tout le monde ?

Aux hochements de tête empressés qui lui répondirent, il sut que c'était enregistré. Personne ne parlerait. Pour la bonne et simple raison que c'était dans l'intérêt de chacun. Et que s'il y avait une chose que tout le monde comprenait en priorité, à Media Net International, c'était bien où se trouvait son intérêt.

Serge Marchal regagna son fauteuil-club du fond de l'avion et poussa un long soupir satisfait en récapitulant mentalement.

Il n'y avait aucun risque que qui que ce soit constate qu'un passager — ou plutôt une passagère — manquait à l'appel : sur les vols privés, il n'y avait aucun contrôle d'identité, pas de liste des passagers... même pas un portique détecteur de métaux à l'embarquement. L'affréteur de l'avion — lui-même, en l'occurrence — était le seul à décider qui il souhaitait emmener avec lui, et donc le seul à connaître l'identité de ses « invités ».

Le pilote parlerait-il ? Sûrement pas, vu la somme qu'on lui avait promise pour exécuter la manœuvre… et pour se taire ensuite. S'il parlait, il se retrouverait en taule pour complicité et la justice lui confisquerait son million d'euros si facilement gagné ! Et Marchal connaissait suffisamment les hommes pour savoir que pour être sûr d'eux, il n'y avait pas de meilleure garantie que l'argent. Surtout en grosse quantité. Si on l'interrogeait sur sa perte d'altitude brutale et inexpliquée, le pilote invoquerait probablement une fausse alerte due à un voyant défectueux, ou un truc dans ce genre là. Pour ça aussi, on pouvait lui faire confiance, puisque c'était son intérêt.

Du côté des passagers, il y avait encore moins de risques, puisqu'ils travaillaient tous pour lui, avec des postes à haute responsabilité et de très gros salaires. Aucun d'eux n'avait envie de se faire virer, ce qui arriverait au premier qui soufflerait le moindre mot de cette affaire, ils le savaient.

Les hôtesses et les stewards, évidemment, c'était le maillon faible. Mais c'étaient des étrangers qui devaient tous être plus ou moins en situation irrégulière. En ajoutant à ça la nature très spéciale de leurs « activités » à bord, ils étaient sûrement prêts à tout faire pour éviter la moindre question de la part de la police.

Réflexion faite, eux aussi se tairaient.

Quant au corps de la fille, lesté comme il l'était, il y avait peu de chance qu'il remonte jamais à la surface. Et quand bien même… qu'est-ce qui pourrait bien le relier à lui, Serge Marchal ?

Il y avait bien le problème de l'extincteur manquant…

Marchal haussa les épaules. Pour ça, on ne lui demanderait même pas d'explication : on conclurait qu'il avait été volé par un quelconque employé de la maintenance…

Le P.-D.G. de Media Net International se renfonça en arrière dans son confortable fauteuil et soupira d'aise.

Il allait peut-être enfin pouvoir se faire servir son scotch.

## Chapitre II

Dans le bureau des Affaires recommandées de la Brigade Mondaine, au deuxième étage du 36, quai des Orfèvres, trois paires d'yeux suivirent avec une attention studieuse le geste précis effectué par le capitaine de police Aimé Brichot, qui tenait une longue canne à pêche dont l'extrémité frôlait le plafond.

— Regardez bien ! dit-il solennellement : le corps doit être à la fois droit et souple, les pieds à peine écartés. La main tient fermement la poignée de la canne, pouce allongé sur le dessus…

Autour de lui, le commandant de police Boris Corentin, ainsi que les capitaines Rabert et Tardet, suivaient la démonstration avec des hochements de tête concentrés.

— Le secret du lancer vertical, poursuivit Aimé Brichot, c'est, en imaginant que la canne représente l'aiguille des heures sur une horloge, de ne pas la faire descendre plus bas que treize heures à l'avant, et onze heures à l'arrière ! Autrement, la « soie », c'est-à-dire la ligne, ne se déroule pas de façon parallèle au sol, et la mouche risque de le toucher.

— Dis-donc Mémé, je pense à une chose, intervint Boris Corentin : et si jamais tu te trouves, mettons, sous des arbres. Tu risques d'accrocher les branches avec le bout de ta canne, non ?

Aimé Brichot eut un sourire malicieux qui fit remonter les coins de sa fine moustache blonde.

— Pour ce cas de figure, dit-il fièrement, il y a le lancer horizontal !

— Ah bon, fit le gros Rabert, mâchouillant son éternel sandwich. Fais-nous voir ça.

Le sourire d'Aimé s'effaça :

— Malheureusement, je n'en suis pas encore là. Je débute, qu'est-ce que tu veux !

— En tout cas, ce sont des débuts qui promettent, fit Boris. Ce que je voudrais savoir, c'est d'où te vient cette soudaine passion pour la pêche à la mouche ?

— Eh bien, c'est le fruit du hasard. L'autre jour, avec Jeannette, on faisait les bouquinistes, quai de la Mégisserie, quand je suis tombé sur un ouvrage intitulé : « Je débute à la mouche [1] ». J'ai commencé à le feuilleter, et...

— Et tu as mordu à l'hameçon ! plaisanta finement Tardet.

— C'est à peu près ça, oui.

Le téléphone sonna à cet instant précis. Boris décrocha.

— Oui, patron, dit-il au bout de quelques secondes. On arrive tout de suite.

1. Cet ouvrage existe. Il est signé Didier Ducloux, publié aux éditions Proxima, et nous le recommandons vivement à ceux que le sujet intéresse.

Il raccrocha.

— Je crains que la démonstration de pêche à la mouche ne soit terminée pour aujourd'hui, fit-il.

— J'avais compris, dit Aimé, résigné, en posant sa canne contre le mur.

Deux minutes plus tard, Le commandant Corentin et le capitaine Brichot poussaient la porte capitonnée, à l'autre bout du couloir, qui donnait sur le saint des saints, autrement dit le bureau de leur supérieur hiérarchique, le commissaire divisionnaire Charlie Badolini.

Comme d'habitude, la pièce était envahie par un épais brouillard, produit par la fumée des Job spéciales, cigarettes corses hautement nicotinisées que le patron de la Mondaine fumait à la chaîne.

Derrière son bureau Empire, sorti tout droit des réserves du Mobilier national, Badolini tendit une main aux doigts jaunis par la nicotine en direction d'un quinquagénaire brun et moustachu, qui occupait déjà l'un de ses deux fauteuils « visiteurs » à accoudoirs tête-de-lion.

— Messieurs, dit-il solennellement, je vous présente Jacques Lagrave, de la DGSE[1].

On acheva les présentations et Badolini enchaîna :

— Je crois qu'il serait préférable que monsieur Lagrave vous répète lui-même le petit topo qu'il vient de me faire.

L'homme de la DGSE se racla la gorge et attaqua :

— Il y a quarante-huit heures, des pêcheurs de coquilles Saint-Jacques basés à Boulogne-sur-Mer…

1. Le contre-espionnage français. Notre CIA à nous.

— C'est vrai qu'on est début décembre et que c'est le commencement de la saison des coquilles Saint-Jacques, intervint Aimé Brichot d'un air gourmand.

Badolini lui jeta un regard noir et Lagrave continua :

— Des pêcheurs, donc, ont ramené un cadavre dans leur chalut…

Boris et Aimé restèrent impassibles, attendant la suite. Ce n'était pas la première fois — et sans doute pas la dernière — qu'un chalutier faisait ce genre de « prise »…

— Ce cadave était celui d'une fille, de type antillais ou sud-américain. Elle était nue et portait autour du cou un collier à clous, prolongé d'une chaîne qui devait faire office de laisse.

— La panoplie sado-maso classique, suggéra Boris. Je comprends le côté « Mondaine » de l'histoire, et pourquoi on a pensé à nous. Je vois moins ce que la DGSE vient faire dans tout ça.

— Attendez un peu, fit Lagrave, vous allez comprendre. Pour en terminer avec la laisse, il manquait l'extrémité, sans doute coupée par le chalut. Il est probable qu'on avait dû y attacher un objet lourd, pour lester le cadavre…

— Probable, fit Boris. D'autant plus que dans la Manche, entre Calais et Douvres, il n'y a pas plus de 30 à 35 mètres de niveau d'eau. D'où la nécessité impérative de s'assurer que le corps resterait bien au fond.

— En effet, reprit Lagrave. Toujours est-il qu'il est remonté quand même, d'une manière que ceux qui l'ont balancé n'avaient sans doute pas prévue. Mais c'est après que ça devient intéressant. Comme vous pouvez l'imaginer, nous avons fait autopsier le corps par nos services. Ce qui nous a permis de constater plusieurs choses. Premièrement : la fille est morte d'un arrêt du cœur, une crise cardiaque, si vous préférez, provoquée par la formation brutale de caillots dans son sang.

— C'est plus rare chez les femmes, les crises cardiaques... intervint Brichot.

— En effet, reprit Lagrave. Surtout chez les femmes jeunes. Et celle-ci, d'après nos estimations, n'avait pas plus de vingt-cinq ans. La crise a été provoquée par un produit que nous avons retrouvé dans son organisme. Et c'est là, commandant Corentin, que s'explique l'intervention de la DGSE. Le produit en question, la myxodicine, est un poison à retardement que nous connaissons bien, dans le monde du contre-espionnage. Il est souvent utilisé par les agents de différents pays... mais uniquement par des agents du sexe féminin.

— Tiens donc, fit Boris en fouillant dans son blouson à la recherche de son paquet de Gitanes blondes. Et pourquoi ça ?

L'homme de la DGSE se racla à nouveau la gorge et jeta un regard embarrassé en direction de Badolini, dont la pudibonderie était légendaire dans les services.

— Eh bien, dit-il, parce qu'il s'administre généralement par le moyen d'une... fellation.

Boris et Aimé ouvrirent des yeux ronds.

— Ah bon ? fit Corentin.

— Oui. Les femmes qui l'utilisent l'appliquent sur leurs lèvres comme un rouge à lèvres ordinaire. Le produit s'infiltre ensuite dans l'organisme de la victime par la peau de la verge, plus fine qu'ailleurs à cet endroit. Et tue au bout d'un délai de sept jours, ce qui donne à... l'« empoisonneuse » le temps de disparaître. La myxodicine donne la mort à retardement en produisant la formation de caillots dans le sang, lesquels provoquent un arrêt cardiaque.

Aimé Brichot remonta du bout de l'index, sur son nez légèrement busqué, ses lunettes de myope léger qui avaient toujours tendance à glisser.

— Il y a une chose que je ne comprends pas, dit-il. Pourquoi ce poison n'agit-il que sur les hommes, et pas sur les femmes ?

— Tout simplement, fit l'homme de la DGSE, parce qu'il réagit aux hormones mâles ! Ce sont elles qui le « déclenchent », en quelque sorte. C'est pourquoi les agents féminins peuvent l'utiliser sans risques. Elles sont immunisées par leurs hormones féminines, si on peut dire.

Il y eut un silence, au cours duquel on aurait presque pu entendre le bruit que faisait la « tempête de cerveaux » en train de réfléchir.

Boris Corentin tira une longue bouffée de sa cigarette et lâcha :

— Et maintenant, monsieur Lagrave, je suppose que vous allez nous dire pourquoi cette malheureuse a été tuée par un poison qui, en principe, n'aurait dû avoir aucun effet sur elle... À moins que cela reste un mystère ?

L'homme de la DGSE se redressa sur son siège pour annoncer, presque théâtralement :

— Pas du tout ! Ce mystère-là a également été éclairci par le légiste qui a pratiqué l'autopsie. La réponse à votre question est très simple : si cette fille est morte, c'est tout simplement parce que… ce n'était pas une fille.

Boris et Aimé échangèrent un regard stupéfait.

— Vous pouvez répéter ? demanda Corentin.

— Ce n'était pas une fille, répéta Jacques Lagrave. Enfin, pas vraiment. Il s'agissait en fait d'un transsexuel. Un homme, sans doute homosexuel, qui avait changé de sexe et s'était fait opérer pour que la transformation soit complète. Le processus classique : ablation des testicules et… « retournement » de la verge, rentrée dans le bas-ventre pour former une sorte de vagin. Ensuite, opération de la poitrine pour donner du volume aux seins qu'on a commencé à développer à l'aide d'innombrables injections d'hormones féminines. Lesquelles ont, par ailleurs, l'autre « avantage » de supprimer presque totalement la pilosité masculine.

Boris Corentin regarda Aimé Brichot, qui ne pouvait retenir une grimace horrifiée.

— Je vois, fit-il. Cette fille était donc un homme, ou un « ex-homme », si l'on peut dire, et ce poison l'a tuée à cause de la quantité d'hormones masculines encore présentes dans son organisme. Mais n'ayant plus de sexe masculin, personne n'a pu lui faire de fellation, à elle ?

— Bien sûr que non, répondit Lagrave. Dans son cas, le poison a pénétré par la peau des lèvres, qui est presque aussi fine que celle de la verge. C'est ce qui se produit toujours, d'ailleurs, mais les filles qui l'utilisent savent qu'elles ne risquent rien.

— Il reste encore un mystère, reprit Brichot. Vous nous dites que ce fameux produit tue en sept jours. Comment se fait-il qu'elle — ou « il » soit morte sur le coup ?

Charlie Badolini, qui avait fait l'effort de se taire pendant la petite « conférence » de l'homme de la DGSE, ne put se retenir plus longtemps.

— Tout simplement, dit-il, parce que, si j'ai bien compris ce que monsieur Lagrave m'a expliqué tout à l'heure, l'association d'hormones mâles et femelles dans son organisme a agi comme un mélange détonant. C'est bien ça ?

— Tout à fait, confirma Lagrave. C'est un cas qui, à notre connaissance, ne s'est jamais produit auparavant. Et pour cause : il y a peu de transsexuels dans les services secrets.

Il y eut un nouveau silence, prolongé cette fois. La cigarette de Badolini et celle de Boris se rejoignirent dans le lourd cendrier en onyx du bureau directorial, rapporté d'un congrès inter-polices à Mexico.

— Bien... lâcha enfin Boris. Si on fait le résumé de tout ce que vous venez de nous apprendre et qu'on essaie d'en tirer les premières conclusions, je crois qu'on peut en dire ceci : ce transsexuel... identifié, au fait ?

— Hélas non, admit Lagrave. Pas encore. Mais elle n'avait passé que deux jours dans l'eau quand on l'a repêchée, ce qui vous permettra au moins d'utiliser sa photo pour vos recherches.

Charlie Badolini tendit à Boris le cliché qu'il avait sur son sous-main. La « fille » avait les yeux fermés et elle était d'une pâleur cadavérique, malgré sa peau sombre. Mais le sel marin et les poissons n'avaient pas encore eu le temps de trop l'« abîmer ». Boris se fit même la réflexion qu'elle avait dû être superbe.

— Donc, reprit-il, je crois qu'on peut déjà dire avec une quasi-certitude que ce transsexuel avait pour… « mission » de tuer un homme au moyen de cette… myxodicine, c'est bien ça ?

— Exactement, confirma Lagrave.

— De deux choses l'une, poursuivit Boris : soit il n'était pas au courant de la nature très spéciale de son… rouge à lèvres, qu'on lui aura présenté comme un aphrodisiaque quelconque…

— C'en est un, l'interrompit Lagrave.

— Quoi ?

— La myxodicine a pour effet… secondaire, si on peut dire, de multiplier le plaisir de celui qui fait l'objet de la… fellation.

Aimé Brichot eut un sourire amer :

— Au moins, dit-il, le malheureux aura eu cette compensation avant de mourir… dans la mesure où il est condamné à mort dans les prochains jours, je veux dire.

— Mouais, fit Boris, je trouve quand-même ça un peu cher payé. Bref… soit le transsexuel ne connaissait pas la nature du produit et il n'a été que l'instrument involontaire d'un meurtre à retardement, soit il la connaissait et il était complice, mais ignorait le danger qu'il courait, lui.

— J'ajouterai même une chose, intervint Brichot : si le transsexuel n'a été que l'instrument d'un meurtre, ce qui me semble l'hypothèse la plus vraisemblable, il y a fort à parier que ses... « employeurs » ignoraient qu'il s'agissait d'un transsexuel.

— Tu as raison, Mémé, fit Corentin. Car eux, connaissant la nature du poison, avaient forcément prévu que celui-ci soit administré par une femme. Ne serait-ce que pour éviter un second cadavre, qui aurait déclenché une enquête, laquelle risquait de remonter jusqu'à eux.

Charlie Badolini se racla impatiemment la gorge :

— Et à propos d'enquête, justement... Par où comptez-vous commencer ?

Boris et Aimé échangèrent un regard dubitatif.

— Franchement, patron, fit Boris, on manque sérieusement de pistes. Si on récapitule, on peut dire ceci : d'abord, on a un transsexuel-prostitué de luxe, ce qui implique forcément un client de luxe. Lequel client, qui est sûrement une personnalité importante, est actuellement en danger de mort puisque, pour des raisons politiques, financières ou autres, on a cherché à l'éliminer en faisant passer sa mort pour naturelle. Il y a donc forcément un gros enjeu derrière tout ça. Évidemment, il faudrait savoir pour commencer comment ce cadavre est arrivé au fond de la mer... D'un ferry ? trop risqué : trop de témoins possibles. D'un yacht privé ? À la rigueur, mais vu le nombre de bateaux privés qui existent, ça va être dur d'enquêter de ce côté-là.

— Quant aux cargos, intervint Badolini... Le

trafic maritime, dans la Manche, est l'un des plus importants du monde.

— En effet, reprit Boris. Et on peut difficilement enquêter sur tous les équipages de cargos, tous les passagers de ferrys, tous les propriétaires et tous les occupants de tous les navires ayant croisé dans ce secteur il y a quatre jours.

— Pourquoi quatre jours ? demanda Badolini.

— Parce que, nous a dit monsieur Lagrave, on a repêché le corps il y a deux jours et il avait passé deux jours dans l'eau. Ça fait donc quatre jours qu'on l'a jeté à la mer.

— En effet.

Aimé Brichot se racla la gorge avant de suggérer :

— On aurait pu, aussi, le balancer d'un avion ?...

Boris eut un hochement de tête dubitatif :

— D'un avion de ligne, ça me paraît inimaginable. D'un avion privé, à la rigueur... Mais là encore, c'est comme les bateaux : il y en a tellement que chercher de ce côté reviendrait à traquer l'aiguille dans la botte de foin.

— Je ne vois guère que la piste des transsexuels prostitués, suggéra Brichot. Les vrais transsexuels, prostitués en plus, ne sont pas si nombreux que ça et on a pas mal de contacts dans ce milieu. En fouillant un peu, on finira bien par tomber sur quelqu'un qui aura connu cette pauvre... fille. Et qui pourra peut-être même — qui sait ? — nous donner des informations sur son emploi du temps des jours qui ont précédé sa mort.

Jacques Lagrave leva une main et l'abattit pesamment sur son genou.

— Eh bien, messieurs, dit-il en se levant, je vous souhaite bien du plaisir. Naturellement, n'hésitez pas à faire appel à nos services, le cas échéant.

— Au fait, reprit Badolini quand l'homme de la DGSE fut sorti, j'ai donné des instructions à nos collègues de Boulogne, où est basé le chalutier qui a ramené le corps, pour qu'ils fassent le silence complet sur cette affaire. Et surtout, qu'ils ne laissent rien laisser filtrer à la presse. Histoire que vous ayez les mains libres…

— Merci, patron, fit Boris sans enthousiasme excessif. Ça nous aidera sûrement.

Il réfléchit un instant et ajouta :

— Ce qui nous aiderait encore plus, ce serait de savoir à qui le transsexuel a administré sa fellation mortelle.

— Il est certain que ça éclaircirait toute l'affaire, ajouta Aimé. Mais il ne faut pas rêver…

Boris se tourna vers Badolini :

— En tout cas, si tout ce que Jacques Lagrave nous a dit sur le fonctionnement de ce poison est vrai, il y a quelque part un homme qui n'a plus que trois jours à vivre.

— Et si vous voulez mon avis, ajouta le patron de la mondaine en se vissant un nouvelle cigarette au coin du bec, il y a une grosse affaire derrière tout ça. Une très grosse affaire, même. On ne peut encore rien affirmer, bien sûr, mais cette histoire de cadavre empoisonneur, empoisonné à son tour, nous promet du spécial… de chez « spécial ».

## CHAPITRE III

— Vas-y, Ambroise, fit le réalisateur, le visage collé à l'œilleton de sa caméra : branle-toi, pendant qu'il t'enfile ! Et continue de te caresser les seins en même temps !

Sur le canapé au tissu déchiré par endroits et abondamment souillé de taches douteuses, le travesti qu'on venait d'appeler « Ambroise » s'étira un peu plus en arrière, avec des mines extatiques. Pris en sandwich entre le canapé et lui se trouvait un homme dont on ne voyait que les jambes et le sexe. Celui-ci, dont les proportions n'avaient rien à envier aux « hardeurs » les mieux dotés par la nature, était planté jusqu'à la garde dans les reins du dénommé Ambroise, qu'il pilonnait énergiquement.

La peau blanche de l'homme qui se trouvait sous lui contrastait avec celle d'Ambroise, d'une belle couleur chocolat. Qui contrastait elle-même avec le corset blanc qui lui enserrait la taille, et avec les bas assortis.

Ambroise avait les jambes largement écartées, de

manière à offrir à la caméra — laquelle se trouvait à moins d'un mètre — le spectacle assez saisissant de deux sexes d'homme dans le prolongement l'un de l'autre : le premier, blanc, englouti dans un orifice noir ; le second, noir — et largement aussi impressionnant — se détachant sur le corset blanc, pendant que son propriétaire lui imprimait d'une main des mouvements frénétiques.

De l'autre, Ambroise pinçait et malaxait l'un après l'autre ses seins volumineux et durs qui, à cause des quantités de silicone qu'ils contenaient, tenaient en l'air sans marquer le moindre affaissement, même lorsqu'il était couché sur le dos.

Son partenaire poussait des grognements de plus en plus appuyés, ce que remarqua l'homme qui tenait la caméra, un blond dégarni entre deux âges dont le tee-shirt trop court laissait déborder les bourrelets.

— Jean-Max, demanda-t-il, tu es prêt pour l'éjac ?

— Ouais, je sens que ça vient ! éructa le dénommé Jean-Max.

— Et toi, Ambroise ? demanda le réalisateur.

— Je vais pas tarder à cracher, répondit l'interpellé d'une voix flûtée, avec un accent africain qui effaçait les « r ».

— Bon, reprit l'homme à la caméra, on arrête cette séquence et on se met en place pour l'éjac finale.

Aussitôt, Jean-Max se retira des reins d'Ambroise. L'homme et le travesti s'assirent côte à côte sur le canapé. Une fille aux cheveux gras, assez laide, qui faisait office de maquilleuse, vint leur faire à chacun un «raccord». L'éclairagiste déplaça ses projecteurs. Ambroise et Jean-Max, eux, se masturbaient tranquillement pour entretenir leur érection.

— En guise de studio, le tournage de ce porno d'un genre particulier se déroulait dans un petit appartement aux volets fermés, aux rideaux tirés et au papier peint jauni. Le canapé était le seul et unique meuble, à l'exception de deux pliants apportés par l'équipe de tournage. Dans le fond de la pièce se trouvait une kitchenette dont l'évier d'aluminium débordait de tasses à café sales.

— Bon, fit le réalisateur en se plantant devant les deux vedettes du moment, pour la double éjac, je propose qu'Ambroise se couche sur le dos, sur le canapé, et que toi, Jean-Max, tu te mettes à califourchon sur lui pour lui décharger sur les seins. Toi, Ambroise, tu te branles pendant ce temps-là et tu te finis tout seul, O.K. ?

— O.K. firent les deux intéressés.

— Mais faites gaffe de ne pas jouir en même temps, que je puisse filmer les deux éjacs en gros plans successifs. Ambroise, tu attends que Jean-Max ait balançé la purée pour en faire autant, O.K. ?

— O.K., répétèrent les deux autres.

— Bon, tout le monde est prêt ? On y va !

Les deux «acteurs» prirent la position décidée par le réalisateur. Moins d'une minute plus tard, avec des couinements porcins, le dénommé Jean-Max se vidait à longs traits crémeux et abondants sur les seins noirs et siliconés d'Ambroise. Qui, aussitôt, entreprit, d'une main, de se tartiner la poitrine avec des soupirs voluptueux, comme si ce jus d'homme était une crème de beauté. De l'autre, il se conduisit lui-même à la jouissance. Le premier trait de sa semence généreuse alla fouetter le bas du dos de Jean-Max. Le second se confondit avec la blancheur de son propre corset. Les autres, moins vigoureux, lui aspergèrent le bas-ventre et se mélangèrent à la jungle crépue de sa toison intime.

Le réalisateur laissa passer un temps, pendant lequel les deux protagonistes poussèrent encore quelques râles de contentement, avant de crier :

— C'est coupé ! Elle est parfaite !

La maquilleuse s'approcha avec une boîte de mouchoirs en papier, dont elle distribua une poignée à chacun.

— Cet enfoiré m'a encore juté sur le cul ! gogna Jean-Max avec une colère feinte, en quittant à la fois son partenaire et le canapé.

— Enfoiré toi-même, répliqua Ambroise sur le même ton. La prochaine fois, je me vide mes grosses couilles de nègre dans ta bouche, tu verras, ça sera meilleur !

Tout le monde rigola pour la forme. Mais les rires furent interrompus par la sonnette de la porte d'entrée.

La maquilleuse alla ouvrir en traînant les pieds et découvrit, sur le paillasson, un grand athlète brun et bouclé, en jean et blouson de cuir, à côté d'un petit chauve à lunettes, enveloppé dans un imperméable.

L'athlète brun, qui la dépassait d'au moins deux têtes, lui mit sous le nez une carte plastifiée, barrée de tricolore.

— Police, annonça-t-il.

— Merde ! ne put s'empêcher de lâcher la fille aux cheveux gras.

— Je sais, répliqua Boris sans rire, ça fait toujours cet effet-là. Si on nous a bien renseignés, il y a un tournage X qui se déroule ici, en ce moment ?

— Euh... oui, lâcha la fille après une seconde d'hésitation.

— Vous permettez ?

Sans attendre la réponse, Boris écarta en douceur la maquilleuse et entra, suivi d'Aimé.

— Qu'est-ce que c'est ? fit le réalisateur en les voyant débouler sur son plateau.

— Police, répéta Boris en présentant sa carte pour la seconde fois.

— Qu'est-ce que vous voulez ? Il ne se passe rien d'illégal, ici. Tout le monde est majeur et vacciné.

— Je sais, répliqua Corentin, toujours imperturbable. Loin de nous l'idée d'interrompre votre processus créatif. C'est l'un de vos... acteurs qui nous intéresse. Un certain Dieudonné Michalon.

Le réalisateur leva des sourcils étonnés, ce qui eut pour effet curieux de faire reculer ses rares cheveux sur le haut de sa tête.

— Qui ça ?

— Dieudonné Michalon, répéta Boris.

— Connaîs pas.

— Mais si, tu connais, abruti ! fit une voix haut perchée dans son dos, en provenance de la kitchenette.

Boris et Aimé se tournèrent dans cette direction et virent arriver une jeune Noire dont la chevelure cascadait sur les épaules rondes, et dont la guêpière blanche laissait à l'air libre une poitrine fabuleuse.

Le regard de Boris descendit machinalement le long de son corps… ce qui lui permit de constater une fraction de seconde plus tard que la jeune Noire était UN jeune Noir. Et ce, sans l'ombre d'un doute, vu la taille impressionnante, même au repos, de l'instrument viril qui pendait entre ses jambes.

— C'est moi, Dieudonné Michalon, fit-il en adressant à Boris un sourire qui découvrit une rangée de dents étincelantes. Mais dans le milieu du X, tout le monde m'appelle Ambroise.

Il ajouta en tortillant des hanches :

— Mon nom de guerre, si vous voulez.

— Je vois, fit Boris. Si vous avez deux minutes à nous consacrer, on aimerait vous dire un mot, mon collègue et moi.

— Bon, intervint le réalisateur, puisque vous n'avez pas besoin de moi, il faut que j'aille préparer mon plan suivant. Tâchez quand même de ne pas être trop longs…

Il ajouta avec un mouvement de menton en direction d'Ambroise :

— J'ai encore besoin de lui.

Le travesti, tout sourire, s'approcha de Corentin, qui recula instinctivement d'un pas.

— Eh oui, dit-il, on m'appelle aussi « l'Infatigable ». Ou « Queue de béton ». Vous voulez qu'on aille quelque part, tous les deux, pour que vous puissiez m'interroger tranquillement ?

— Ça ne sera pas nécessaire, merci, répliqua fraîchement Boris.

— Dommage…

Corentin surprit l'expression hilare d'Aimé Brichot, qui rigolait sous cape devant la « touche » que venait de faire sa flèche [1].

— Ça va, Mémé, écrase, tu veux !

— Mais je n'ai rien dit, Boris, pouffa Brichot.

Corentin haussa les épaules et revint au travesti.

— On nous a dit que vous connaissiez pratiquement tout le monde, dans le milieu des travestis et des transsexuels de Pigalle.

— Oh, tout le monde… fit Ambroise d'un air modeste, c'est exagéré. Disons que je connais pas mal de monde…

— Ça suffira peut-être. En tout cas, vu qu'on a mis deux jours pour arriver jusqu'à vous, j'espère que vous pourrez nous aider. Est-ce que vous connaissez cette personne ?

Boris sortit de la poche intérieure de son blouson de cuir la photo, réalisée par l'Identité judiciaire, du cadavre du transsexuel repêché au fond de la Manche. Il la tendit à Dieudonné Michalon, dit « Ambroise ».

À peine ce dernier eut-il posé les yeux sur le cliché que son sourire radieux fit place à une expression horrifiée.

— Ne me dites pas qu'elle est… qu'elle est… articula-t-il péniblement, à travers des sanglots qui commençaient déjà à l'étouffer.

— J'ai bien peur que si, lâcha Corentin.

Le travesti poussa un cri et s'effondra par terre,

1. Le premier des deux, dans une équipe de policiers.

comme une masse. Recroquevillé sur le sol douteux de l'appartement, il éclata en sanglots convulsifs et en longs gémissements douloureux. Corentin et Brichot le relevèrent chacun par un bras et l'installèrent sur un des deux pliants de cinéma qui se trouvaient là.

À quelques mètres, le réalisateur, la maquilleuse et le dénommé Jean-Max, transformés en statues de sel, contemplaient la scène avec des yeux ronds.

Boris et Aimé se penchèrent sur Ambroise, qui sanglotait comme un enfant. Boris avait repris la photo des mains du travesti et la gardait au bout des doigts :

— Qui est-ce ? demanda-t-il.

Ambroise fit un gros effort pour prendre sur lui-même et renifla plusieurs fois avant de répondre :

— Amanda… L'amour de ma vie… On vivait ensemble depuis des années…

— Je vois… fit Boris. Je suis sincèrement désolé… Amanda comment ?

Le travesti renifla encore, bruyamment. Puis, s'apercevant qu'il tenait toujours à la main la poignée de Kleenex qui lui avait servi à éponger sa semence et celle de Jean-Max, il l'utilisa pour s'essuyer les yeux.

— Avant son opération, elle s'appelait Paolo… Paolo Tinamé, je crois… Mais moi, je l'ai toujours connue sous le nom d'Amanda.

Boris échangea un coup d'œil rapide avec Aimé, qui enchaîna :

— Encore un nom de guerre, si je comprends bien. Elle faisait du X, elle aussi ?

Le transsexuel secoua la tête et réussit à se fabriquer un pâle sourire.

— Non, dit-il. On lui a souvent proposé, mais elle n'a jamais voulu. Elle avait peur que ça... l'abîme.

— Par contre, reprit Boris, elle faisait des petits « extras », non ?

Ambroise leva vers lui des yeux mouillés :

— Qu'est-ce que vous voulez dire ?

— Vous le savez bien. Je parle de prostitution.

— Amanda n'était pas une pute ! s'indigna Ambroise.

Il se calma et ajouta après un temps :

— Enfin... elle ne faisait pas le trottoir, quoi. Mais c'est vrai qu'il lui arrivait de se faire payer pour participer à des soirées un peu... un peu spéciales, quoi. Sa spécialité, c'était les rôles de dominatrice, genre « SM », vous voyez ?

— Je vois, fit Boris.

— Mais elle ne le faisait qu'une fois de temps en temps, s'empressa d'ajouter Ambroise : uniquement quand on était un peu justes, question fric. Comme elle était très connue et très demandée, elle pouvait se permettre de dire non. Et de choisir, quoi.

Il s'empara de l'avant-bras de Boris et le serra avec une force surprenante pour son gabarit, en demandant :

— C'est qui, les ordures qui lui ont fait ça ?

— C'est justement ce qu'on cherche à savoir, fit Corentin. Et pour l'instant, on n'a que vous pour nous aider.

Le travesti planta un regard désespéré dans celui de son interlocuteur :

— Je ne demande pas mieux. Je voudrais les voir crever, ces salauds ! Malheureusement, je ne sais pas grand-chose… Où est-ce qu'on l'a retrouvée ?

— Au fond de la mer. Quelque part entre Boulogne et Douvres.

À cette évocation, les sanglots d'Ambroise redoublèrent.

Boris le prit aux épaules et le secoua gentiment :

— Écoutez… On a toutes les raisons de penser que les assassins d'Amanda sont ceux qui l'ont payée pour participer à leur petite sauterie. Tâchez de vous souvenir : elle vous a sûrement dit quelque chose à ce sujet ?

Ambroise secoua énergiquement la tête :

— Non… Enfin, pratiquement rien. Elle restait toujours très mystérieuse, sur ce genre de… « contrat ». Je crois qu'elle avait peur qu'une autre fille lui pique le boulot. Je ne sais même pas qui la contactait.

— Vous avez dit « pratiquement rien », insista Brichot. Ça veut dire qu'elle vous a quand même dit quelque chose, non ?

Ambroise soupira longuement, en proie à une réflexion intense.

— Elle ne m'a pas dit où, ni quand, ni avec qui, lâcha-t-il enfin. Tout ce qu'elle m'a dit, c'est que ça devait se passer en avion.

Boris et Aimé sursautèrent. Le travesti eut un pauvre sourire en ajoutant :

— Ça, elle n'a pas pu se retenir de me le raconter. Ça l'excitait comme une folle. Je l'entends encore se marrer en me disant : « Je vais m'envoyer en l'air. »

Corentin et Brichot se redressèrent, abandonnant provisoirement Ambroise à son désarroi.

— Avoue que tu n'avais pas pensé à ça ? fit Aimé avec un sourire de triomphe.

— Je te l'avoue bien volontiers, Mémé. Un avion !... On l'aurait balançée d'un avion !... Ça, alors !

Il se pencha à nouveau vers le travesti :

— Vous êtes sûr qu'Amanda ne vous a rien dit d'autre ?

— Rien.

— Pas le plus petit détail qui pourrait nous aider ? Essayez de vous souvenir...

Ambroise se concentra quelques instants, puis secoua de nouveau la tête :

— Absolument rien, je vous assure.

Boris sortit de son blouson une carte de visite où figuraient ses différents numéros de téléphone.

— Si jamais quelque chose vous revient, dit-il en la tendant à Ambroise, n'hésitez pas à m'appeler. Même si ça vous paraît dérisoire ou sans importance. D'accord ?

— D'accord, fit le travesti en s'emparant de la carte.

L'instant d'après, il sursauta sur son pliant et s'empara une nouvelle fois de l'avant-bras de Boris.

— Si ! dit-il, un truc !

— Quoi ?

— Oh... ça m'étonnerait que ça vous avance à grand-chose.

— Dites toujours.

— La personne qui avait contacté Amanda pour ce contrat lui avait donné un rouge à lèvres spécial. Elle me l'a montré, comme ça, pour rigoler. Il était presque noir. On lui avait dit que c'était un excitant sexuel d'une puissance incroyable, et qu'elle devait absolument le mettre sur ses lèvres avant de faire une pipe à un certain mec qui se trouverait à bord de l'avion. Ça la faisait marrer. Elle m'a dit : « C'est sûrement bidon, leur truc, autrement, j'en aurais entendu parler ». Du coup, pour rigoler, je lui ai proposé de l'essayer… sur moi. Mais là, elle a carrément refusé. Sous prétexte que c'était un « instrument de travail », qu'il ne fallait pas y toucher avant, ou Dieu sait quelle connerie… J'ai trouvé ça bizarre, mais je n'ai pas insisté.

Corentin se pencha vers le transsexuel.

— Elle a bien fait de vous refuser ce petit plaisir, dit-il, et vous avez bien fait de ne pas insister. Parce que si elle avait accepté, vous seriez mort… Enfin, pas encore, mais ce serait tout comme.

Une expression horrifiée se peignit sur le visage aux yeux rougis d'Ambroise.

— Qu'est-ce que vous racontez ? demanda-t-il d'une voix étranglée.

— Ce rouge à lèvres… c'était un poison mortel.

La mâchoire du travesti se décrocha sous l'effet de la stupeur.

— Quoi ?

— Ce qui veut dire, enchaîna Corentin, que votre copine Amanda avait été engagée, non seulement pour « s'envoyer en l'air », comme elle disait, mais pour commettre un meurtre. Malheureusement, ses hormones mâles l'ont trahie et elle est morte encore plus tôt que sa victime.

— Comment ça, ses hormones…

— Peu importe. Répondez seulement à cette question : à votre avis, Amanda savait-elle que ce rouge à lèvres était un poison ?

Ambroise secoua énergiquement la tête :

— Sûrement pas ! Amanda était peut-être pute à ses heures, mais sûrement pas assassine ! Elle n'a jamais fait de mal à personne ! Elle aurait été incapable de tuer quelqu'un !

— Donc, reprit Boris en se tournant vers Aimé Brichot, ton hypothèse était la bonne : Amanda n'a été que l'instrument involontaire et inconscient d'un meurtre.

— Et sa deuxième victime, ajouta Aimé… ou plutôt, la première, si on s'en tient à l'ordre chronologique.

Ils abandonnèrent le travesti à son tournage, non sans s'être faits engueuler par le réalisateur, pour avoir gâché sa journée de travail en rendant sa vedette incapable de bander pour un temps indéterminé.

Il faisait gris, froid et pluvieux lorsqu'ils ressortirent de l'immeuble où se trouvait le « studio » improvisé et débouchèrent rue Germain-Pilon, une petite rue qui descendait de la place des Abbesses pour finir boulevard de Clichy.

— Dis-donc, fit Aimé Brichot en glissant sur les pavés mouillés et en se rattrapant de justesse, je pense à un truc…

— Quoi donc ? fit distraitement Boris, perdu dans ses pensées.

— Tu seras, je pense, d'accord avec moi pour dire qu'on peut difficilement imaginer quelqu'un ouvrant la porte d'un avion de ligne pour se débarrasser d'un cadavre.

— En effet. Si une chose pareille était arrivée, ça aurait sans doute provoqué une catastrophe dont on aurait abondamment parlé dans les media.

— Donc, si on s'en tient à notre nouvelle hypothèse selon laquelle le corps de cette pauvre Amanda a été jeté d'un avion, il s'agit forcément d'un avion privé. Un de ces petits avions dont les occupants peuvent faire à peu près ce qu'ils veulent, sans être embêtés par l'équipage.

Ils avaient pratiquement rejoint leur Renault Mégane de service, garée boulevard de Clichy.

— Ça me paraît évident, Mémé, fit Boris. Au moins, on connaît maintenant la prochaine étape de notre enquête : nous procurer la liste de tous les vols privés ayant traversé la Manche le jour où on y a jeté le corps, c'est-à-dire il y a six jours.

— Donc, le deux décembre.

— Et vérifier leur plan de vol, à défaut de pouvoir obtenir la liste des passagers. Parce que, malheureusement, il n'y a aucun contrôle des passeports, ni vérification d'identité d'aucune sorte avant de monter à bord des vols privés.

## Chapitre IV

Les images affluaient à l'esprit de Boris, sans qu'il sache laquelle exactement correspondait le mieux à la situation : un saurien (lui) avançant à fleur d'eau dans un marécage encombré d'herbes aquatiques… un avion effleurant en rase-mottes les couches supérieures d'une jungle épaisse… une tondeuse à gazon se frayant un chemin dans un jardin laissé en friche depuis des mois…

Il chassa toutes ces images idiotes de son cerveau, pour se concentrer sur la seule qui le méritait : celle qu'il avait devant les yeux.

Et même encore plus près que ça.

Les mains posées sur l'intérieur des cuisses pleines — et largement écartées — de la jeune lieutenant de police Alexandra Josselin, Boris se perdait avec volupté dans l'épaisseur de sa somptueuse forêt intime, dont les boucles noires, denses et odorantes débordaient de chaque côté du bas-ventre, sur l'aine, et venaient mourir à l'orée du nombril. Des lèvres et de la langue, il fouillait cette jungle, tel un explorateur du plaisir, à la recherche des pétales nacrés et parfumés qui y étaient profondément enfouis, cachés telle l'orchidée noire au plus profond de la sylve amazonienne.

Jamais, ou presque, il n'avait vu un pareil « tablier de sapeur » ! En tout cas, jamais sur une fille aussi jeune. Alexandra avait tout juste vingt-deux ans et il avait souvent pu constater que les filles de son âge pratiquaient toutes l'« épilation maillot », très tendance et recommandée par les magazines féminins.

Pas Alexandra, qui avait choisi de laisser s'épanouir en toute liberté une pilosité intime dont la luxuriance voluptueuse était un véritable cadeau de la nature.

Sur une autre, cette abondance aurait pu avoir quelque chose de vulgaire. Pas chez elle, dont le corps au ventre plat, aux jambes interminables et à la poitrine lourde et majestueuse se complétait harmonieusement de cet ornement naturel.

Son ventre palpitait de plus en plus vite, à mesure que le plaisir irradiait de sa féminité secrète, à travers tout son corps, pour lui noyer le cerveau d'une ivresse qu'elle ne dominait plus. Ses fesses rondes et dures se soulevaient à un rythme de plus en plus saccadé, dans le mouvement répétitif de ses hanches pleines qui se projetaient en avant pour mieux coller aux lèvres de Boris le petit bouton turgescent, détonateur de son plaisir.

Boris glissa ses deux mains sous les fesses d'Alexandra, pour mieux attirer vers sa bouche le plat de roi qu'il était en train de déguster.

Bientôt, le manège conjugué de sa langue et de

ses lèvres eut raison des dernières résistances de la jeune femme. Le corps d'Alexandra se tendit comme un arc et elle poussa un interminable cri de bonheur lorsque la tempête du plaisir l'envahit et l'emporta, avant de la laisser retomber, heureuse et fourbue, sur le lit, comme une noyée sur une grève.

Boris abandonna, non sans une pointe de regret, la touffeur parfumée dans laquelle il venait de se perdre et qui avait trempé son visage d'une liqueur délicieuse. La tête entre les cuisses d'Alexandra, il la contempla longuement pendant que, les yeux fermés et le sourire aux lèvres, la peau couverte d'une fille pellicule de sueur, la jeune femme reprenait progressivement une respiration normale.

Ce n'était pas la première fois, loin de là, que la jeune lieutenant de police, rencontrée au cours d'une précédente enquête[1], partageait le lit de Corentin, dans son studio de célibataire de la rue de Turbigo.

Il arrivait aussi à Boris de passer la nuit — ou tout simplement un moment torride — dans le petit deux-pièces de la jeune femme, dans le quartier des Ternes.

Bref, si ni l'un ni l'autre ne voulait parler de « liaison » officielle, ils avaient tacitement décidé de faire « un bout de route ensemble », comme on dit. Sans engagement. En laissant la vie décider de la suite…

En parlant de « suite », d'ailleurs, Boris était plutôt préoccupé, pour le moment, par celle de leur

1. Voir Brigade Mondaine n° 231, « Souricière pour une call-girl ».

affaire. On était le 9 décembre. Une date-clé. Et son intuition, rarement prise en défaut, lui disait qu'il allait y avoir du nouveau d'un moment à l'autre...

Le portable de Boris, abandonné sur la table de nuit, fit entendre sa sonnerie aigrelette. Alexandra, le plus naturellement du monde, tendit la main, appuya sur la touche « décrocher » et porta l'appareil à son oreille, dans les vagues de son épaisse mais courte chevelure sombre.

— Secrétariat du commandant Corentin, fit-elle dans une plaisanterie devenue familière... Mais oui, capitaine Brichot, il est là : je vous le passe.

Boris s'empara du portable et remonta à la hauteur d'Alexandra pour se caler contre les oreillers.

— Salut, Mémé. Il y a du neuf ?

— Et comment ! fit Brichot. Remarque, rien ne prouve que ça soit lié à notre affaire, mais la coïncidence est trop énorme pour ne pas attirer l'attention. Tu as entendu parler de Serge Marchal, je suppose ?

— Évidemment, Mémé, comme tout un chacun : c'est le grand patron de Media Net International. Un de ces nouveaux petits rois du monde...

— C'est ça. Eh bien il ne sera plus roi que de son caveau de famille, désormais. Il est mort il y a une heure d'une crise cardiaque.

Dans un réflexe, comme si cette position était plus propice à sa concentration, Boris s'assit contre la tête de lit.

— Quoi ? Mais il avait quel âge ?

— Quarante-cinq ans. Mais tu sais comme moi qu'il n'y a pas d'âge pour les crises cardiaques.

— Il avait des antécédents ? Des problèmes cardio-vasculaires ?…

— Je vais me renseigner, mais pas que je sache. Il était connu pour être un grand sportif… et un grand amateur de femmes, comme le prouvent toutes celles qu'on a vues avec lui dans les magazines « people ». Les cardiaques collectionnent rarement les conquêtes et les trophées sportifs. De toute façon, je suis sûr que tu penses la même chose que moi, à savoir : nous sommes le 9 décembre, « Amanda » a été repêchée le 4, deux jours après qu'on eut balancé son cadavre à la mer ; Marchal est donc mort sept jours exactement après que feu « Amanda » ait administré sa fellation mortelle à quelqu'un, le 2 décembre d'après nos calculs. Bien sûr, il y a certainement un tas d'autres types qui sont morts ce matin, plus ou moins au même moment. Mais parmi eux, combien sont susceptibles d'avoir voyagé à bord d'un jet privé il y a exactement sept jours ?…

Le cerveau de Corentin se mit à tourner à trois mille tours minute.

Au lieu de se coucher en ronronnant contre lui, indifférente à sa conversation professionnelle, comme l'aurait fait n'importe quelle autre fille dans cette situation, Alexandra s'était assise sur le lit, en tailleur, face à lui. Tout en offrant à Boris une vue imprenable sur la luxuriance de sa toison intime, elle semblait déjà avoir oublié leurs ébats et se concentrait, elle aussi. Prête à l'action.

C'était l'avantage, pensa furtivement Boris, d'avoir dans sa vie une femme-flic. Au moins, elle comprenait les impératifs de son job et ne lui faisait pas de scènes quand il devait la quitter inopinément parce que le devoir l'appelait.

D'ailleurs, quand ce genre de situation se produisait, il emmenait souvent Alexandra avec lui. En effet, non contente d'être une affaire sur le plan sexuel, la jeune lieutenant de police s'était aussi révélée un flic aux qualités exceptionnelles pour son âge. Et Boris, tout naturellement, l'avait plus ou moins enrôlée dans son équipe. Même si c'était de manière épisodique, et tout à fait officieuse, pour l'instant.

— Où est le corps ? demanda Corentin.

— À Cochin, je crois, répondit Aimé.

— Alors voilà ce qu'on va faire, Mémé : tu vas appeler le médecin de service et lui demander d'effectuer un prélèvement sanguin rapide et discret sur le corps de Marchal. Qu'il cherche des traces de myxodicine.

— Le fameux poison dont nous a parlé le type de la DGSE ?

— Oui.

— Sans l'autorisation de la famille, objecta Brichot, ce n'est pas vraiment légal.

— Je sais. Mais si on demande officiellement une autopsie, on n'en sortira jamais : le temps qu'on l'obtienne — si on l'obtient —, on aura perdu un temps précieux. Et on ne peut pas se le permettre. Donc, tu appelles le toubib et tu lui demandes de faire ça maintenant, en toute discrétion. Ensuite, tu passes me prendre et on ira ensemble le voir à l'hôpital, pour qu'il nous donne de vive voix les résultats du prélèvement.

— Ça joue ! lança Aimé en raccrochant.

Alexandra Josselin regarda Boris avec un air faussement contrarié.

— Si j'ai bien compris, dit-elle, je ne suis pas dans le coup, cette fois ?

Boris l'embrassa, sauta du lit et entreprit de s'habiller à toute vitesse.

— Pour cette petite visite à Cochin, il vaut mieux qu'on ne soit que deux, Aimé et moi. Question de discrétion.

— Je comprends, fit Alexandra.

Elle rejoignit Boris près de la porte et colla son corps nu contre le sien, l'entourant de ses bras.

— Mais tu penseras à moi pour la suite ?

— De quelle suite parles-tu exactement ? plaisanta Boris en caressant sa croupe ronde et ferme.

— Celle qui concerne l'enquête, bien sûr, sourit la jeune femme. Pour l'« autre » suite, je ne suis pas inquiète... je suis sûre que tu penseras à moi.

Trois quarts d'heure plus tard, à cause des embouteillages du matin, rendus encore pires par la grisaille et le crachin, Boris et Aimé garaient leur Mégane « à la diable » devant l'hôpital Cochin. Ils traversèrent la foule des journalistes qui se bousculaient déjà dans le hall, et se dirigèrent vers le service qu'avait indiqué à Aimé Brichot le professeur Durieu, celui qui avait « réceptionné » Serge Marchal.

— Il était déjà mort quand l'ambulance du

SAMU est arrivée ici, précisa le médecin, un sexagénaire déplumé qui ressemblait à un vieil oiseau au long bec. On n'a rien pu faire.

— Et pour le prélèvement que nous vous avons demandé ? interrogea Boris.

Durieu hocha la tête. Il avait en permanence un air navré sur le visage.

— C'est fait. J'ai eu les résultats il y a cinq minutes. On a effectivement trouvé des traces de myxodicine dans l'organisme de monsieur Marchal.

Il y eut un silence pesant.

— Ce qui signifie qu'il a été assassiné, conclut sombrement le praticien. C'est la première fois que je trouve ce produit dans l'organisme d'un patient, mais j'en ai entendu parler. Jusqu'à ce matin, je n'étais même pas sûr qu'il existait vraiment.

— Eh bien vous voyez, docteur, soupira Boris, il existe.

— Ça va faire une sacrée histoire… dit le médecin.

— Comme vous dites. Mais je vous demanderai d'attendre quelques jours avant de révéler officiellement que Serge Marchal a été empoisonné. C'est pour les besoins de l'enquête, vous comprenez…

— Comptez sur moi, fit Durieu en hochant sa tête d'oiseau fatigué. De toute façon, on ne pourra pas me reprocher cette dissimulation, puisque je me serai tu sur ordre de la police. Je suis couvert, en quelque sorte.

Une heure plus tard, Corentin et Brichot débarquaient au siège de Media Net International, le groupe de Serge Marchal, qui occupait dix étages d'une tour à la Défense. La réceptionniste, une jeune métisse dont les seins pointaient comme des obus sous la chemise en popeline blanche, sourit de toutes ses dents en apercevant Boris. Son sourire diminua à peine quand il lui mit sous le nez sa carte de police.

— Nous avons besoin de parler de toute urgence à la secrétaire particulière de monsieur Marchal, dit-il. Soyez gentille de nous annoncer.

La réceptionniste s'exécuta. Moins d'une minute plus tard, une belle brune d'une quarantaine d'années vint à leur rencontre. Elle dégageait une sensualité mystérieuse et presque palpable, malgré son chignon sage et son tailleur strict. Ses lunettes pendaient au bout d'une chaînette, sur sa poitrine. Elle tenait serré dans sa main un mouchoir avec lequel elle ne cessait de s'essuyer les yeux et le nez, rougis par les larmes.

— Marie-Françoise Joubert, se présenta-t-elle. Je suis… j'étais la secrétaire particulière de monsieur Marchal. Si vous voulez bien me suivre, messieurs…

Boris et Aimé l'accompagnèrent jusqu'à son bureau, jouxtant celui du patron.

— Excusez-moi, fit la secrétaire particulière sans cesser de sangloter, j'ai tellement de peine… C'est atroce !… Atroce !… Tout le monde l'aimait tellement, ici… Moi la première…

À ces mots, Boris ne put s'empêcher de penser que Marie-Françoise Joubert avait dû, comme tant d'autres, être victime du syndrome de la « secrétaire amoureuse du patron ».

Mais le problème n'était pas là.

— Nous aimerions connaître l'emploi du temps de Serge Marchal dans la journée du deux décembre, attaqua-t-il.

C'était quasiment imperceptible, mais il lui sembla que la secrétaire particulière du patron avait très légèrement réagi à l'énoncé de cette date. Et même, qu'elle avait presque rougi.

Un petit signal d'alarme clignotant s'alluma dans le cerveau de Boris.

Marie-Françoise Joubert récupéra toute sa contenance en une fraction de seconde et s'empara d'un grand agenda de bureau.

— Le deux décembre, dites-vous…

Son doigt s'arrêta sur une page blanche et glissa mécaniquement dessus.

— Ah oui, dit-elle sans cesser de renifler, je me souviens, maintenant. Ce jour-là, monsieur Marchal s'est absenté toute la journée. Quand je l'ai questionné, il m'a répondu qu'il avait plusieurs rendez-vous confidentiels. Il n'a pas souhaité m'en dire davantage. Je suis navrée de ne pas pouvoir vous aider.

Boris se renfrogna :

— C'est embêtant… Mais peut-être qu'un de ses proches collaborateurs pourrait nous éclairer ?…

— Oh, vous savez, reprit la secrétaire avec un peu trop de précipitation, s'il ne m'a rien dit à moi, il y a peu de chances qu'il se soit confié à qui que ce soit d'autre.

— J'aimerais quand même essayer, si ça ne vous fait rien, insista Boris.

Marie-Françoise Joubert eut une expression contrariée.

— Bien… Si vous y tenez… Écoutez, le plus simple, au lieu de les appeler les uns après les autres, serait que nous fassions ensemble le tour de leurs bureaux. Vous voulez bien ?

— Mais certainement, fit Corentin. Nous vous suivons.

Il était près de midi quand Boris et Aimé quittèrent le siège de Media Net International. Ils avaient rencontré une bonne dizaine des plus proches collaborateurs de feu Serge Marchal. Tous et toutes leur avaient affirmé ne rien savoir de l'emploi du temps du « big boss », comme ils l'appelaient, concernant la journée du deux décembre.

Mais tous — et toutes — avaient eu la même imperceptible réaction en entendant cette date.

Quelque chose d'indéfinissable. Et de si léger qu'il fallait tout l'instinct de Boris pour le remarquer. Une sorte de gêne, vite masquée. En clair, l'attitude classique de celui ou celle qui a quelque chose à cacher…

Boris s'arrêta net au milieu de la grande esplanade de la Défense.

— Je suis sûr qu'ils mentent, tous autant qu'ils sont !

Un léger sourire releva la moustache d'Aimé Brichot :

— Tu parles des collaborateurs de Serge Marchal, je suppose ?

— Bien sûr.

— Eh bien, je vais te dire, Boris : moi aussi, j'en ai eu la nette impression. Qu'est-ce qu'on fait ? On les convoque tous à la P.J. et on les cuisine jusqu'à ce qu'ils se mettent à table ?...

Corentin réfléchit un moment, le nez levé vers le ciel gris.

— On pourrait faire ça, bien sûr, dit-il, mais ce sont des gens importants dans l'univers français de l'entreprise. Ça ferait un pataquès du tonnerre... Et j'aimerais mieux, pour l'instant, qu'on puisse continuer à enquêter avec un minimum de discrétion. Tu vois, je ne sais pas encore sur quoi tout ça va déboucher, mais quelque chose me dit que moins on nous entendra venir, plus on aura de chances de réussir.

— Je le pense aussi, fit Aimé. Mais si on ne « cuisine » pas les collaborateurs de Marchal, on fait quoi ?

Boris fixa son adjoint avec un sourire énigmatique :

— Toi qui es un anglophile convaincu, Mémé, qu'est-ce que tu dirais d'un petit voyage à Londres ?...

***

Le Gulfstream G150 bi-réacteur mis à la disposition de Corentin et Brichot par Interpol effectua une descente rapide et repassa sous l'épaisse couche nuageuse.

— C'est fabuleux, s'exclama Aimé Brichot, le nez collé au hublot, je n'avais jamais vu Londres comme ça !

— C'est vrai que le spectacle vaut le coup d'œil ! renchérit Boris, collé au hublot voisin. On survole pratiquement la ville ! Tiens, regarde ! On voit « Big Ben » et les Chambres du Parlement, là-bas !

Cinq minutes plus tard, ils se posaient effectivement en plein cœur de Londres, ou presque : à la limite du quartier de l'« East End », où se trouvait *London City Airport*, un aéroport créé quelques années plus tôt et réservé aux « petits » avions privés comme celui à bord duquel ils voyageaient. Un aéroport exclusivement réservé aux hommes d'affaires, en quelque sorte.

Le pilote vint faire basculer la porte dans laquelle était intégré l'escalier d'accès.

— Merci, fit Boris en posant le pied à l'extérieur. Vous nous attendez ? On ne devrait pas en avoir pour trop longtemps.

— O.K. fit l'homme en chemise blanche et cravate noire.

Boris et Aimé traversèrent le tarmac en direction, non pas de la sortie, mais des hangars et des zones d'entretien. Au fond du premier hangar, ils repérèrent un grand bureau vitré où plusieurs personnes s'affairaient. Ils poussèrent la porte et demandèrent à parler au responsable. Un homme assez jeune, l'air sportif, vint les rejoindre quelques instants plus tard.

—William Beattie, se présenta-t-il en anglais, chef de la maintenance. Qu'est-ce qu'il y a pour votre service, messieurs ?

— Nous sommes de la police française, répondit Boris dans la même langue en exhibant sa carte. Nous avons besoin d'un petit renseignement.

— Je vous écoute.

— Cela concerne un appareil qui s'est posé ici dans la journée du deux décembre dernier.

L'autre hocha la tête :

— O.K., venez avec moi.

Boris et Aimé le suivirent jusqu'à son bureau privé, où le chef de la maintenance s'installa devant son ordinateur.

— Vous pouvez me dire de quel appareil il s'agit, exactement ? demanda-t-il.

— Malheureusement, non, répondit Corentin. Mais nous voudrions savoir si vous avez effectué une réparation quelconque sur l'un des avions ayant atterri ici ce jour-là.

William Beattie se mit à pianoter sur son clavier d'ordinateur. Quelques instants plus tard, il désignait du doigt une ligne sur son écran.

— La seule intervention que nous avons effectuée le deux décembre, fit-il, en dehors des vérifications de routine, concerne un Falcon 900 en provenance de Zurich. Il y avait du jeu dans les gonds de la porte principale et…

Il fronça les sourcils avec étonnement en lisant la suite :

— Il avait perdu un extincteur, qu'il a fallu remplacer.

Boris traduisit cette dernière phrase à l'intention d'Aimé Brichot, dont l'anglophilie n'allait pas jusqu'à maîtriser la langue de Shakespeare, et les deux hommes échangèrent un regard de triomphe.

Le chef de la maintenance fit pivoter son siège et se tourna vers eux.

— C'est vrai, ça me revient, maintenant, dit-il. J'ai trouvé curieux qu'un Falcon puisse tout simplement « perdre » un extincteur, surtout qu'il n'y avait pas eu d'incendie à bord. Mais le pilote n'a pas voulu me donner d'explication. Ou plus exactement, il m'a affirmé qu'il n'avait pas la moindre explication à me donner. À l'entendre, il ne savait pas où était passé ce foutu exctincteur, et n'avait même pas remarqué son absence.

— Humm... grogna Boris avec une moue dubitative. Vous pouvez me donner le nom de ce pilote ?

William Beattie consulta une nouvelle fois son écran :

— Axel Runge. Il est employé par la compagnie allemande Septième Ciel, basée à Francfort, à laquelle appartient le Falcon.

Boris nota mentalement ces informations, remercia chaleureusement le chef de la maintenance, et prit congé.

Un crachin typiquement britannique s'était mis à tomber, et une pellicule humide faisait briller le tarmac.

Boris et Aimé se réinstallèrent dans « leur » Gulfstream G150, et le pilote lança les réacteurs. Le temps de rejoindre l'appareil, Boris avait traduit à

Aimé l'essentiel de sa conversation avec le chef de la maintenance.

— Moi, je crois qu'on aurait pu lui dire où il se trouve, son extincteur, fit Aimé en sortant son grand mouchoir à carreaux pour essuyer la pluie qui recouvrait ses lunettes.

— Effectivement, Mémé, renchérit Boris : il se trouve au fond de la Manche, pour la bonne raison qu'il a servi à lester le cadavre de la malheureuse « Amanda ».

— On a même un deuxième élément de preuve que ça s'est bien passé sur cet avion, poursuivit Brichot : les gonds de porte abîmés. Ils ont dû se tordre sous l'effet du vent, quand on a ouvert pour balancer le corps...

Boris hocha pensivement la tête.

— Tu as sûrement raison, Mémé. D'ailleurs, c'est même incroyable que ça n'ait pas provoqué un crash pur et simple. Tu te rends compte... ouvrir la porte d'un jet en plein vol ?... En tout cas, avec cette compagnie « Septième Ciel », on tombe en plein dans nos spécialités.

Aimé Brichot ouvrit des yeux ronds derrière ses lunettes de myope.

— Ah bon, et pourquoi ça ?

Boris laissa échapper un petit rire au moment où le Gulfstream décollait :

— Parce que, mon vieux Mémé, j'ai entendu parler de cette compagnie « Septième Ciel », figure-toi. Il paraît que les hôtesses — et même les stewards — ne se contentent pas d'y servir des consommations, mais offrent à leurs passagers tous les « services » sexuels possibles et imaginables ! En d'autres termes, les avions de cette compagnie sont de véritables bordels volants !

Aimé Brichot poussa un petit sifflement stupéfait.

— Eh bien, dit-il, je commence à comprendre le silence complet observé par les collaborateurs de Marchal sur cette journée. S'ils étaient tous à bord avec lui... je vois d'ici la partouze volante !

— Avec un cadavre en prime, ajouta Boris. Et Marchal qui meurt sept jours plus tard !... Il y a de quoi avoir envie de perdre la mémoire, en effet !

## CHAPITRE V

Boris Corentin et Aimé Brichot se figèrent sous l'effet de la surprise en pénétrant dans le bureau de Charlie Badolini.

Il n'y avait pas la moindre fumée de cigarette dans l'air, et la fenêtre était grande ouverte !

Du coup, dans cette atmosphère beaucoup plus dégagée que d'habitude, le personnage assis en face de Badolini apparaissait de manière parfaitement nette.

Élégant et mince, il était enveloppé dans un long manteau noir sous lequel on devinait un costume noir et un col roulé de même couleur. Son visage était fin, racé, tout en hauteur, sillonné de fines rides et surmonté d'une chevelure blanche qui contrastait violemment avec l'ensemble de sa silhouette. Cette crinière neigeuse, ainsi que ses traits où l'harmonie le disputait à la dureté, rappelaient étrangement le célèbre chef d'orchestre allemand Herbert Von Karajan[1].

1. Décédé, rappelons-le, en 1989.

D'ailleurs, il était presque aussi célèbre.

— Messieurs, fit Badolini à l'entrée de Boris et Aimé, il est inutile, je pense, de vous présenter notre visiteur, monsieur Yvon Vandel. Monsieur Vandel, permettez-moi de vous présenter mes deux meilleurs éléments, le commandant Boris Corentin et le capitaine Aimé Brichot.

Vandel se leva poliment pour leur serrrer la main et les gratifia d'un sourire un peu crispé.

— J'avais reconnu monsieur Vandel, fit Boris en lui rendant son sourire.

Il n'avait pas grand mérite. Yvon Vandel était à la tête de France-Europe Média, une multinationale qui faisait partie des deux ou trois premiers groupes mondiaux dans le domaine de la communication. En tant que grand patron de « FEM », Vandel régnait sur d'innombrables chaînes de télévision par câble ou par satellite, sur des groupes de presse et des maisons d'édition, l'ensemble « couvrant » une quinzaine de pays. Il possédait en outre, à titre privé, une écurie de course qui faisait de lui une des figures de proue de tous les hippodromes d'Europe. Proche de tous les gouvernements depuis trente ans, il était chez lui à l'Élysée comme à Matignon, et il était un habitué des plateaux de télévision.

Bref, une star, dans son genre.

Vandel se fendit d'un nouveau sourire, d'excuse, cette fois.

— Pardonnez-moi s'il fait un peu froid dans ce bureau, dit-il de sa célèbre voix légèrement métallique, c'est entièrement de ma faute. Je supporte difficilement la fumée des cigarettes et monsieur Badolini m'a fait l'amitié d'ouvrir pour… aérer.

Boris eut un regard étonné en direction de son supérieur hiérarchique qui, d'habitude, refusait systématiquement d'ouvrir la fenêtre de son bureau, donnant sur la Seine et la place Saint-Michel.

Et le plus incroyable, c'était que non seulement Badolini avait accepté d'aérer, mais qu'en plus, il avait provisoirement renonçé à fumer !

C'était suffisant pour donner une idée de l'importance du visiteur !

Parce qu'en dehors d'Yvon Vandel, il aurait fallu au moins le ministre de l'Intérieur, voire le Président de la République lui-même, pour que « Baba », comme ses hommes le surnommaient entre eux, renonçe à ses précieuses Job spéciales !

— Et qu'est-ce qui nous vaut l'honneur de votre visite, monsieur Vandel ? interrogea Boris, rongé de curiosité.

Le président de France-Europe Media se renfrogna et se concentra quelques secondes avant de répondre.

— C'est assez délicat… lâcha-t-il enfin. Si je voulais commencer par la fin, je vous dirais que je suis arrivé à la conclusion qu'une ou plusieurs personnes ont décidé d'avoir ma peau.

Boris hocha la tête avec une moue impressionnée :

— Et si vous commenciez par le début ?…

— Vous avez raison… Il se trouve donc que, depuis quelques mois, mon groupe, France-Europe Media, fait régulièrement l'objet de tentatives de prises de contrôle, par le moyen d'OPA « hostiles ». Vous me direz que ce genre de chose est relativement banal, dans le monde des affaires. C'est vrai. Mais la fréquence et la provenance de ces tentatives de rachat partiel ont clairement démontré que plusieurs groupes concurrents s'étaient associés de manière… occulte, disons, pour devenir majoritaires au sein de mon groupe et me… pousser dehors, en quelque sorte.

— Et vous en avez conclu qu'on voulait « votre peau », pour reprendre votre expression ? demanda Corentin.

— Pas encore à ce stade-là, fit Vandel avec un haussement d'épaules. N'empêche que toutes ces OPA ont considérablement fragilisé mon groupe. Au point, je vous l'avoue, de mettre sa survie en danger. C'est pourquoi j'ai accepté la proposition que m'a faite Serge Marchal, le patron de Media Net International. Le principe était très simple : nos deux groupes fusionnaient pour n'en former qu'un, deux fois plus important, donc deux fois plus puissant, ce qui en faisait un trop gros morceau à avaler pour nos adversaires, et le mettait à l'abri des tentatives de rachat hostiles. Par ailleurs, cette opération renforcait considérablement ma situation financière, puisque Marchal m'apportait plusieurs dizaines de milliards d'euros dans la… corbeille de mariage. Vous me suivez ?

— Parfaitement, firent Boris et Aimé avec un mouvement de tête affirmatif.

— Bien… C'est vrai qu'il fait froid, ici. Vous

permettez que je ferme la fenêtre, mon cher divisionnaire ?

— Je vous en prie, fit Badolini sur un ton presque mondain.

Le plus naturellement du monde, Yvon Vandel se leva et alla refermer la fenêtre.

— Mais soyez gentil, ajouta-t-il, de ne pas fumer avant mon départ : j'ai les bronches extrêmement sensibles.

— C'est entendu, mon cher président, répliqua Badolini avec un sourire un peu grimaçant.

Boris et Aimé le connaissaient assez pour savoir qu'il était déjà en manque. Et que si jamais cette abstinence forcée se prolongeait, son humeur allait virer à l'hystérie... Et que, bien entendu, c'est sur eux que ça retomberait.

Sans se consulter, ils prièrent pour qu'Yvon Vandel ne s'attarde pas trop longtemps.

— Bien, fit celui-ci en se rasseyant. La fusion entre mon groupe et celui de Marchal était décidée, et même pratiquement conclue, lorsque qu'hier matin, comme vous le savez, Marchal meurt soudainement.

— Nous sommes au courant, en effet, confirma Boris.

— Non seulement vous êtes au courant, poursuivit Vandel, mais cette mort vous a semblé si peu naturelle que vous êtes en train d'enquêter dessus. Monsieur Badolini me l'a appris avant votre arrivée.

Boris lança un regard en direction de Badolini qui, d'un hochement de tête, l'autorisa à parler.

— C'est vrai, reprit Corentin. En fait, notre enquête avait commencé avant la mort de Serge Marchal. Une histoire assez compliquée, dont je vous épargne les détails, mais qui nous a conduits à la quasi-certitude que monsieur Marchal a été assassiné.

Yvon Vandel frappa du plat de la main la tête de lion sculptée qui ornait l'accoudoir de son fauteuil Empire.

— J'en étais sûr ! s'exclama-t-il. C'est même cette certitude qui m'a confirmé qu'on cherchait délibérément à m'abattre !

Boris et Aimé se regardèrent, perplexes.

— Excusez-moi, monsieur Vandel, dit Brichot, mais en l'occurrence, il me semble que c'est plutôt Serge Marchal qu'on a cherché à abattre. Avec succès, d'ailleurs.

Yvon Vandel eut une grimace contrariée.

— Bien sûr… ce pauvre Marchal… Je suis navré pour lui, croyez-le bien. Surtout que nous étions devenus amis… Mais ne voyez-vous pas qu'en le tuant, lui, c'est moi qu'on visait indirectement… en empêchant cette fusion qui était absolument vitale, pour moi et pour mon groupe ?

Boris eut un geste machinal pour s'emparer de son paquet de Gitanes blondes, mais renonça in extremis : ce qui était valable pour Badolini l'était forcément pour lui aussi.

— Vous ne croyez pas, monsieur Vandel, dit-il, que vous tirez des conclusions un peu hâtives ? Pour commencer, je ne vois pas en quoi la mort de

Marchal peut empêcher cette fusion, puisqu'à vous entendre, elle est quasiment faite ?

Yvon Vandel secoua la tête, l'air navré.

— Il y a une chose que vous ne savez pas, dit-il. Chez Media Net International, Serge Marchal était le seul à être favorable à cette opération. C'est lui qui, après que j'eus donné mon accord, l'avait décidée unilatéralement. Contre l'avis de son entourage et de son conseil d'administration.

— Vraiment ?

— Oui. Ce n'est pas un secret, d'ailleurs, il suffit de lire les journaux financiers pour le savoir, et je comprends que vous ayez d'autres préoccupations. Il n'empêche que tout reposait sur Marchal. Maintenant qu'il n'est plus là, son conseil n'aura rien de plus pressé que de tout annuler.

Le président de France-Europe Media planta un regard presque désespéré dans celui de Corentin.

— Vous comprenez, maintenant, pourquoi je disais qu'on voulait ma peau ?

Corentin réfléchit quelques instants avant de demander :

— Vous avez bien dit que le désaccord entre Marchal et son conseil d'administration, à propos de cette fusion, avait été évoqué dans la presse financière ?...

— Oui.

— Il est donc envisageable que, si vous êtes attaqué personnellement, cette attaque vienne de gens bien informés de toute l'actualité boursière et financière...

Vandel eu un petit rire amer :

— Cela me paraît évident. Mais cela fait des centaines de milliers de suspects possible, rien qu'en France. Des millions, en comptant le reste du monde.

— Bien sûr, bien sûr, reprit Boris qui poursuivait son idée. Mais parmi tous ces gens, un homme de votre envergure doit compter quelques ennemis, non ?

Cette fois, à la stupeur de Boris et Aimé, Yvon Vandel éclata carrément de rire.

— Quelques ennemis ! s'étrangla-t-il. Quelques ennemis !... Alors là, vous êtes loin du compte, monsieur Corentin. Je n'ai que ça, des ennemis ! Des gens qui rêvent toutes les nuits de me voir crever, des gens qui seraient prêts à tout pour me détruire... mais ils sont innombrables ! Ce serait beaucoup plus vite fait de compter mes amis !

Corentin rumina silencieusement ses pensées pendant quelques instants. Pour tout dire, monsieur Yvon Vandel commençait à l'agacer légèrement, tout « maître du monde » qu'il était.

Et il n'était pas loin de comprendre qu'on puisse avoir envie de rabattre une bonne fois sa suffisance, en lui faisant mordre la poussière.

Il insista :

— Mais parmi tous ces ennemis, vous n'en voyez pas un qui serait plus acharné que les autres ?... Un qui serait capable d'aller jusqu'au meurtre ?... Celui de Serge Marchal, en l'occurrence ?

Il s'était retenu de justesse de dire : « en attendant mieux », par crainte que Vandel le prenne mal. Il fallait le ménager... pour l'instant.

Le président de France-Europe Media émit une sorte de pet buccal méprisant :

— Franchement... non. En tout cas, je suis soulagé de constater que vous arrivez aux même conclusions que moi concernant toute cette affaire : la mort de Marchal était bien un meurtre, et ce meurtre était bien dirigé contre moi... indirectement.

Boris Corentin eut une moue dubitative :

— Oui, enfin... disons que désormais, nous envisageons très sérieusement cette possibilité, en effet. Mais sans la tenir pour certaine à cent pour cent.

Le visage d'Yvon Vandel se durcit au point de ressembler à un masque de pierre. Sa voix métallique devint grinçante :

— « Sans la tenir pour certaine à cent pour cent ? » répéta-t-il, en proie à une colère froide. Tout ce que je viens de vous raconter ne vous suffit pas ? Vous avez besoin de me voir mort pour commencer à me croire ?

— Pas du tout, mais...

— Écoutez, c'est le ministre de l'Intérieur lui-même qui m'a dirigé vers vos services. D'après lui, vous êtes l'élite de la police française. Et il s'est engagé personnellement — vous m'entendez ? personnellement ! — à ce que vous tiriez cette affaire au clair et que vous arrêtiez le ou les responsables ! Le ministre est pleinement conscient, lui, de ce que nous représentons, moi et mon groupe, pour l'économie française. Il me semble que le moins que l'on puisse attendre de vous, messieurs, c'est que vous fassiez preuve du même sens des priorités que votre ministre, non ?

Boris et Aimé se regardèrent sans dire un mot. Derrière son bureau Empire, Charlie Badolini avait l'air extrêmement embarrassé.

Yvon Vandel mit un terme à cette séance pénible en lui serrant la main. Sans serrer celle de Boris ou d'Aimé, il se dirigea vers la sortie.

Il se tourna vers eux une dernière fois, la main sur la poignée de la porte, pour leur lancer :

— Je compte sur vous, messieurs ! Et le ministre de l'Intérieur aussi, compte sur vous ! Ne l'oubliez pas !

Il disparut en claquant la porte.

Charlie Badolini se précipita sur son paquet de cigarettes, en alluma une d'une main qui tremblait légèrement sous l'effet du manque, et tira une bouffée qui ressemblait à la première goulée d'oxygène d'un plongeur après une apnée de quatre minutes.

— Ça va mieux ! soupira-t-il.

Du coup, Boris sortit son propre paquet.

— N'empêche… fit Badolini. Il n'a pas entièrement tort : c'est quand-même préoccupant, toute cette histoire.

— Mais elle nous préoccupe beaucoup, patron, qu'est-ce que vous imaginez ? s'énerva Boris. Et on est sur le coup, croyez-moi. Seulement, vous m'excuserez si je l'ai mauvaise quand un type, sous prétexte qu'il est un gros ponte des media et qu'il connaît tout le gouvernement, vient nous apprendre notre métier.

Badolini, de bien meilleure humeur depuis qu'il avait recommencé à fumer, leva une main apaisante :

— Je vous comprends, Boris. N'empêche qu'on a intérêt à obtenir des résultats. Vandel ne va pas lâcher le ministre, et le ministre va me mettre la pression. Il va me faire une vie d'enfer si on n'aboutit pas très vite.

« Vous voulez dire : si Mémé et moi, on n'aboutit pas très vite » pensa Corentin avec un soupçon d'amertume en constatant que son supérieur hiérarchique s'inquiétait surtout pour lui-même.

— O.K., patron, fit-il en se levant, imité par Brichot. Eh bien, je crois qu'on n'a plus qu'à s'y remettre.

— Et c'est quoi, votre prochaine étape ?

— Une compagnie aérienne, patron. Une compagnie qui offre un service à bord nettement plus poussé que toutes ses concurrentes…

## Chapitre VI

Le Gulfstream G150 d'Interpol décolla du Bourget à 9 h 30 précises. Dès que le pilote, le commandant Joos Naudin, eut éteint les signaux ordonnant de boucler sa ceinture, Boris et Aimé allèrent le rejoindre dans la cabine de pilotage. Celle-ci était étroite, mais comportait deux sièges. Boris s'installa dans celui du co-pilote, inoccupé, pendant qu'Aimé Brichot se calait comme il pouvait derrière eux.

— Ça ne vous dérange pas trop qu'on vienne bavarder cinq minutes avec vous, commandant ? demanda Boris.

— Pas du tout, sourit le pilote derrière ses lunettes de soleil destinées à protéger ses yeux des flots de lumière vive qui envahissaient le cockpit.

— Il ne devrait pas y avoir un co-pilote, normalement ? fit Corentin en tapotant le dossier de son siège.

— Ça n'est pas obligatoire sur un trajet relativement court comme celui-ci, répondit Joos Naudin avec un léger accent belge. Vous savez, j'ai quarante mille heures de vol sur jet. Alors un petit Paris-Francfort, vous savez, ça se fait sur une jambe…

Il eut un rire qui révéla sa dentition étincelante, sous une moustache noire de séducteur à l'ancienne.

L'hôtesse entra à ce moment précis, dans le dos d'Aimé. Boris et lui l'avaient à peine entrevue jusque-là. Quand ils étaient montés à bord, elle s'affairait derrière le rideau protégeant l'espace « bar-cuisine », et au décollage, elle était sanglée à son siège et leur tournait le dos.

— Je peux vous servir un café ou un thé, messieurs ? demanda-t-elle avec un sourire très professionnel.

Boris et Aimé se retournèrent en même temps pour découvrir une fille qui méritait effectivement le coup d'œil.

L'hôtesse était une blonde aux yeux bleus, pas très grande, mais faite comme une poupée Barbie… une poupée Barbie « spécial fantasmes ». Elle portait une jupe d'uniforme gris-souris s'arrêtant nettement au-dessus du genou, fendue sur des cuisses à la fois rondes, fermes et fuselées. Sous sa veste grise largement ouverte, sa chemise blanche, sagement boutonnée jusqu'en haut, était littéralement déformée par une poitrine qui rendait extrêmement difficile de la regarder dans les yeux. On aurait dit deux pastèques, lourdes et gorgées de sève, dont les pointes dures se dessinaient avec précision malgré le soutien-gorge et la popeline de la chemise.

— Je veux bien un thé, avec du sucre et du lait, fit Aimé en rougissant légèrement.

— Et moi un café noir, dit Boris en adressant à la fille un sourire carnassier auquel elle répondit avec une spontanéité beaucoup moins professionnelle que précédemment.

— Même chose pour moi, Jenny, tu seras mignonne, fit le pilote sans se retourner.

L'hôtesse leur envoya un sourire « collectif » (mais plus particulièrement destiné à Boris) qui fit s'arrondir un peu plus ses joues de porcelaine, retroussa son nez minuscule et étira sa petite bouche où une moue enfantine semblait imprimée en permanence.

« Une adorable petite Lolita… pensa Boris. Avec un corps de bombe sexuelle. »

À cet instant, il n'aurait pas détesté que la dénommée Jenny lui popose les mêmes « spécialités » que ses « consœurs » de Septième Ciel.

Ce fantasme le ramena à l'objet de leur voyage. Quand l'hôtesse eut disparu, il s'adressa au pilote :

— Dites-moi, commandant, la compagnie Septième Ciel, ça vous dit quelque chose ?

Un large sourire étira la moustache noire de Joos Naudin.

— Et comment ! fit-il. Dans la profession, vous pensez si c'est connu : des avions où les hôtesses sont là pour s'envoyer en l'air avec les passagers… à tous les sens du terme. C'est le rêve de n'importe quel homme ayant pris l'avion au moins une fois dans sa vie !

— Vous n'avez jamais travaillé pour Septième Ciel ? demanda Brichot.

— Hélas non, rigola le pilote. C'est une compagnie allemande, dirigée par un Allemand, Hans Gechrit, et qui n'engage que des pilotes allemands.

— Et qui est régie par la législation allemande, ajouta Corentin, laquelle tolère sur son territoire ce qu'elle appelle les « eros-center », qui ne sont ni plus ni moins que des maisons de passes. Les appareils de Septième Ciel sont des « eros-center » volants, en quelque sorte, et en tant que tels, sont autorisés par la loi allemande.

— Eh oui, poursuivit Joos Naudin. C'est pour ça qu'aucun de ces appareils ne se pose jamais sur le sol français, où ce genre d'établissement, volant ou pas, est interdit depuis que votre députée Marthe Richard les a fait fermer en 1946.

— Très juste, conclut Brichot. Et qu'est-ce que vous savez d'autre sur Septième Ciel ?

— Pas grand-chose, fit Joos Naudin.

Qui précisa en riant :

— Sauf qu'il y a des jours où je travaillerais volontiers pour eux. Parce que même si les hôtesses sont là pour… s'occuper des passagers, il doit bien leur arriver de faire quelques petits extras avec l'équipage, vous ne croyez pas ?

Il se retourna pour s'assurer que Jenny n'était pas encore revenue dans le cockpit, et ajouta, un ton plus bas :

— Remarquez, je n'ai pas à me plaindre. Parce que, je ne sais pas si c'est le prestige de l'uniforme ou mon charme naturel, mais la petite Jenny, qui est là derrière… Tout à fait entre nous, c'est une salope d'anthologie ! Vous avez vu ses seins ? Eh bien j'aime mieux vous dire que quand elle se sert de ces engins pour vous pratiquer une bonne vieille cravate de notaire… elle vous y envoie, au septième ciel !

Il partit d'un grand éclat de rire, qu'il maîtrisa un instant plus tard, quand Jenny refit son entrée dans le cockpit, portant un plateau chargé d'un gobelet de thé et de deux cafés.

Elle tendit successivement leur boisson aux trois hommes. Quand elle donna son café à Boris, sa poitrine fabuleuse lui effleura le visage.

— « Excusez-moi », murmura-t-elle en rosissant très légèrement.

— Je vous en prie, répondit Boris avec un sourire enjôleur.

Il avait beau la regarder dans les yeux, il ne pouvait pas s'empêcher de penser à ce que le pilote venait de lui dire.

Et il imaginait déjà sa propre virilité, prise dans l'étau doux et brûlant de ces deux fruits magnifiques.

Au regard un peu trouble que Jenny lui lança, il comprit qu'il n'aurait pas à insister beaucoup pour qu'elle lui permette de réaliser son fantasme… et qu'elle y participe même avec enthousiasme.

***

L'immeuble où se trouvaient les bureaux de la compagnie Septième Ciel était situé au numéro 18 de l'une des principales artères de Francfort, Federalstrasse. C'était une tour de verre teinté et d'acier chromé, qui brillait au soleil hivernal.

Le service d'accueil du rez-de-chaussée dirigea Boris et Aimé vers le 21e étage, occupé par le siège central de Septième Ciel.

En sortant de l'ascenseur, ils se retrouvèrent dans un vaste hall à la moquette épaisse, aux murs décorés de photos de jets de différentes tailles et de plusieurs modèles. Boris remarqua au passage que le Falcon 900 de Dassault faisait partie du « catalogue » de la compagnie.

— Ils se sont contentés de montrer les photos des avions, murmura Brichot à l'oreille de sa flèche. Tant qu'il y était, Hans Gechrit aurait pu aussi exposer quelques clichés de créatures dans des poses suggestives... histoire de donner un aperçu des « spécialités maison »...

— Dis-donc, Mémé, fit Boris en lui expédiant une bourrade amicale, tu te dévergondes, d'un seul coup ? Sois sage, ou je te cafte à Jeannette.

Aimé Brichot se contenta de répondre d'un haussement d'épaules.

Une hôtesse d'accueil blonde aux yeux verts leur sourit derrière son comptoir en les voyant arriver. Son sourire s'accentua encore lorsque Boris, le premier, s'approcha d'elle.

— Nous avons rendez-vous avec monsieur Hans Gechrit, dit-il en anglais, en se penchant par-dessus le comptoir, ce qui lui offrit une vue plongeante sur la poitrine de la fille.

Laquelle poitrine, sans être tout à fait aussi

spectaculaire que celle de Jenny, avait sur elle l'avantage d'être largement offerte aux regards, grâce à une chemise déboutonnée jusqu'au nombril.

L'hôtesse d'accueil décrocha son téléphone, prononça quelques mots en allemand, raccrocha et adressa un nouveau sourire à Boris.

— C'est la dernière porte au bout du couloir, dit-elle en anglais avec un fort accent germanique. La secrétaire de monsieur Gechrit vous attend.

Boris et Aimé s'attendaient vaguement à ce que la secrétaire en question, vu la nature des services proposés par la compagnie, soit une créature de rêve.

Ils ne furent pas déçus.

La fille se leva, fit le tour de son petit bureau et vint vers eux en souriant pour les recevoir.

C'était une black absolument magnifique, aux cheveux très courts, avec des yeux verts en amande et une bouche qui aurait donné des fantasmes inavouables à n'importe quel mâle normalement constitué. Elle était perchée sur des jambes interminables, encore allongées par des talons aiguilles. Sa poitrine lourde et voluptueuse semblait défier les lois de la pesanteur. Elle portait une petite robe de soie noire, soutenue par de minces bretelles, suffisamment fine pour permettre de constater au premier coup d'œil qu'elle ne portait pas de soutien-gorge. Et suffisamment moulante pour trahir l'absence de petite culotte. Bref, elle était nue en dessous, ça sautait aux yeux. On devait même pouvoir s'en assurer « de visu », pour peu qu'elle se penche un tant soit peu… car la robe en question lui descendait à peine plus bas que l'entrejambe.

— Monsieur Corentin, monsieur Brichot ?… Le cabinet du ministre de l'Intérieur français nous a prévenus de votre visite, dit-elle dans un français absolument parfait. Monsieur Gechrit va vous recevoir dans une minute. Si vous voulez bien vous asseoir…

Elle leur désigna deux fauteuils à tubulures d'acier, placés juste en face de son propre bureau : une plaque de verre posée sur une structure métallique.

Boris et Aimé s'installèrent, soulagés que Charlie Badolini ait bien, sur leur demande, fait intervenir la « place Beauvau [1] » pour leur obtenir un rendez-vous. En tant que citoyen allemand, en effet, Hans Gechrit n'était pas obligé de recevoir des représentants de la police française.

Boris se tourna vers Aimé pour faire un commentaire à ce sujet et le découvrit, rouge comme une pivoine, les yeux exorbités et la bouche ouverte.

— Eh bien, Mémé, qu'est-ce qui t'arr…

Il ne termina pas sa phrase.

Machinalement, il avait suivi le regard de Brichot et compris en une fraction de seconde ce qui l'avait mis dans cet état.

Juste en face d'eux, à deux mètres à peine, la superbe assistante noire de Hans Gechrit était assise

1. Située à Paris, dans le 8e arrondissement, tout près du palais de l'Élysée. C'est place Beauvau, comme chacun sait, que se trouve le ministère de l'Intérieur.

à son bureau de verre, penchée sur un classeur ouvert devant elle, comme si elle avait totalement oublié leur présence.

L'image même du sérieux et du professionnalisme.

Sous le bureau de verre, en revanche, l'image était toute différente.

La black avait les jambes largement écartées, ce qui confirmait sans l'ombre d'un doute l'impression précédente, à savoir qu'elle était nue sous sa petite robe noire. Sans aucune gêne, elle offrait au regard de Corentin et Brichot le spectacle étourdissant d'une féminité parfaitement épilée, qui laissait voir dans le moindre détail les pétales nacrés de son intimité.

Mais le plus incroyable de tout, c'était que tout en travaillant — ou en faisant semblant de travailler —, elle caressait d'une main cette fleur entrouverte, titillant du bout des doigts le bourgeon turgescent qui se nichait en son centre.

La température des deux policiers monta d'un seul coup en flèche quand, le plus naturellement du monde, la fille plongea entièrement un stylo dans le puits de miel de son ventre, le ressortit et se mit à le sucer comme une friandise.

Et ce, toujours sans paraître s'apercevoir de leur présence.

Récupérant de sa stupeur, Boris se tourna vers Aimé, au bord de l'apoplexie.

— Calme-toi, Mémé, fit-il à voix basse, avec un sourire en coin. Et regarde ailleurs, je t'en prie : tu vas me faire une attaque.

Heureusement, la porte du bureau directorial s'ouvrit à ce moment-là sur un homme à la cinquantaine avancée, mais sportive et bien conservée, vêtu avec une élégance raffinée.

— Messieurs Corentin et Brichot, je suppose ?

— Oui, fit Boris.

— Hans Gechrit. Ravi de vous accueillir. Venez, je vous prie.

Le président de la compagnie Septième Ciel était grand et mince, les traits réguliers, les yeux clairs, avec des cheveux châtains qui commençaient à grisonner sur les tempes. Il parlait un français impeccable, mâtiné d'un très léger accent allemand. Il pria courtoisement Boris et Aimé de prendre place en face de lui, dans son bureau d'angle ultramoderne d'où on voyait pratiquement toute la ville de Francfort.

Remarquant le teint cramoisi d'Aimé Brichot, il laissa échapper un rire léger.

— À voir votre embarras, dit-il, je devine que ma chère Carmina s'est un peu... laissée aller devant vous. Je me trompe ?

— Je crains que non, fit Aimé.

— Il faut l'excuser de ces... mauvaises manières, fit le président. J'ai tenu à ce que ma secrétaire particulière soit en quelque sorte emblématique des... plaisirs de la vie qui sont la marque de notre compagnie, n'est-ce pas ? Mais il arrive qu'elle en fasse un peu trop et qu'elle mette mal à l'aise certains visiteurs un peu... pudiques.

Boris se racla la gorge, histoire de mettre un terme à ce préambule, et profita de cette allusion aux spécialités de la maison pour entrer immédiatement dans le vif du sujet.

— Ainsi, dit-il, tout ce qu'on raconte sur Septième Ciel est vrai ? Les hôtesses proposent réellement des… prestations sexuelles aux passagers ?

Hans Gechrit eut un nouveau rire, qui alerta Corentin. Il y avait quelque chose, chez cet homme raffiné, qu'il ressentait sans arriver encore à le définir.

— N'ayons pas peur des mots, monsieur Corentin, fit Gechrit. Disons clairement que les hôtesses de Septième Ciel pratiquent fellations, pénétrations et sodomies… au bon vouloir des passagers. Les stewards aussi, d'ailleurs, pour les passagères… et certains passagers.

Quand Gechrit prononça ces derniers mots, l'évidence frappa Corentin de manière aveuglante.

Gechrit était homosexuel !

C'était ça, ce quelque chose d'« indéfinissable » qu'il avait ressenti, sans l'identifier tout de suite.

Sans avoir de préjugé contre les homosexuels, son instinct d'homme à femmes les repérait immédiatement, d'habitude.

Mais là, à cause de l'« environnement » très sexe — et très hétéro — qui entourait Gechrit et sa compagnie aérienne — qu'il s'agisse de ses hôtesses de l'air, de son hôtesse d'accueil, et surtout de sa secrétaire —, il n'avait pas « percuté » tout de suite.

« Quand même… ne put-il s'empêcher de penser, c'est curieux, un homme dont la raison de vivre repose sur le sexe — essentiellement hétéro — et qui n'aime pas les femmes… »

— Un beau jour, poursuivit Gechrit, j'ai réalisé qu'il y avait une fortune à faire en réalisant le fantasme que tous ceux qui ont pris l'avion ont eu un jour ou l'autre, n'est-ce pas ? Celui de l'hôtesse qui, à la demande, vous apporte un scotch ou vous pratique une fellation... Qui vous apporte votre plateau-repas, ou qui vous enfourche pour se faire prendre en levrette, etc. C'est un peu comme pour les infirmières, n'est-ce pas ? Tous ceux qui ont fait un séjour à l'hôpital ont fantasmé en imaginant qu'elles étaient nues sous leur blouse et qu'au lieu de prendre leur température, elles allaient leur faire une... comment dites-vous, en français ?... une « petite gâterie » ?

Il eut un nouveau rire et ajouta :

— D'ailleurs, il n'est pas impossible que ce soit là ma prochaine étape : les cliniques privées « Septième Ciel », où des infirmières qui seraient de véritables bombes sexuelles se montreraient particulièrement... « prévenantes » avec les malades. Qui ne seraient pas si malades que cela, naturellement.

Corentin hocha la tête avec une moue dubitative.

— Dans les deux cas, dit-il, l'aspect lucratif de l'entreprise paraît évident... et semble vous avoir réussi. Mais il n'y a pas quelque chose qui vous gêne, sur un plan, disons... moral ? Après tout, en France, vos activités tomberaient sous le coup de la loi pour proxénétisme aggravé.

Hans Gechrit retrouva son sérieux.

— Monsieur Corentin, dit-il, les filles qui travaillent pour moi le font de leur plein gré. Ici, faire commerce de ses charmes est considéré comme une profession libérale et, croyez-moi, elles sont très bien payées. Vous, en France, vous en êtes encore à vivre dans une hypocrisie qui n'est plus adaptée à notre époque.

— C'est possible, intervint Aimé Brichot. D'ailleurs, beaucoup de gens, chez nous, semblent partager votre opinion, puisqu'ils sont nombreux à vouloir rouvrir les maisons closes...

— Ah ! s'exclama Gechrit, vous voyez ! Vous y venez, vous aussi ! Je peux dire que j'aurai été un précurseur...

Boris poussa un soupir discret. Il en avait rencontré, au cours de sa carrière, des hommes satisfaits d'eux-mêmes, de leur réussite, et que les considérations morales n'empêchaient pas de dormir... Mais s'ils avaient fait la course, Hans Gechrit aurait fini dans le tiercé gagnant.

— Bien... dit-il. Nous ne voulons pas abuser de votre temps, monsieur Gechrit, c'est pourquoi, si vous le permettez, j'en viens à ce qui nous amène. Nous avons tout lieu de penser que, le deux décembre dernier, on s'est débarrassé d'un cadavre en le jetant dans la Manche, depuis l'un de vos avions. Un Falcon 900 qui reliait Zurich à Londres, pour être précis.

Hans Gechrit ne perdit pas une once de son sang-froid. Il se contenta de fixer Corentin en hochant tranquillement la tête, comme si le policier venait de lui faire un rapport de statistiques.

— Intéressant... lâcha-t-il sur un ton parfaitement détaché. Je n'étais pas au courant.

Vraiment ? fit Boris.

— Vraiment, monsieur. Et je vous prie de me croire. Si j'avais eu vent d'une chose pareille, j'aurais immédiatement prévenu la police de mon pays. Ne serait-ce que pour me couvrir et ne pas être accusé, ensuite, de complicité de dissimulation de cadavre. Quant au cadavre en question, je ne sais pas de qui il s'agit, mais vous allez peut-être me l'apprendre...

— Une fille. Enfin, un transsexuel. Une prostituée, connue sous le nom d'« Amanda ».

— Connais pas. D'ailleurs, je n'ai jamais employé de transsexuel. Il y a suffisamment de filles sur le marché pour ne pas avoir besoin de recourir à...

Les contours de sa bouche se crispèrent dans une grimace de dégoût :

— ... à ça !

Il reprit, après un silence :

— Quant à organiser moi-même un assassinat à bord de l'un de mes avions, j'espère que vous ne me croyez pas assez fou pour faire une chose pareille : cela reviendrait à me saborder, à me suicider professionnellement ! Et c'est la dernière idée qui me viendrait. Mes affaires marchent trop bien. J'ai envie que ça continue, figurez-vous.

Corentin leva la main en un geste apaisant :

— Rassurez-vous, monsieur Gechrit, cette hypothèse ne nous était pas venue à l'esprit.

— Vous me rassurez ! Cela étant, je peux vous dire une chose, à propos de ce vol Zurich-Londres...

— Allez-y, fit Corentin, qui s'était mentalement mis à l'arrêt comme un chien de chasse.

— Nous avons appris, par les autorités aériennes britanniques, que l'avion avait illégalement plongé sous son altitude réglementaire, pendant son survol de la Manche. Le pilote, un dénommé Axel Runge, a refusé de s'expliquer sur cette manœuvre. Si ce que vous me dites est vrai, je comprends pourquoi, à présent. Toujours est-il qu'il a immédiatement été licencié pour faute grave.

Hans Gechrit se composa un sourire de circonstance :

— Vous voyez, messieurs, que nous évoluons dans la légalité, malgré les apparences !

Boris et Aimé échangèrent un regard préoccupé et restèrent silencieux un court instant.

— Connaissez-vous Serge Marchal ? demanda soudain Boris.

Gechrit eut une moue évasive :

— Comme tout le monde : il est suffisamment connu... Ou plutôt, « était », car j'ai lu dans la presse qu'il vient de mourir d'une crise cardiaque.

— En effet, fit Boris, en scrutant le visage impassible du président de Septième Ciel.

Si celui-ci leur cachait quelque chose, il était de loin le meilleur comédien que Corentin ait rencontré depuis longtemps.

— Nous avons tout lieu de penser, dit-il, que Serge Marchal voyageait à bord du Falcon...

Gechrit eut un geste d'impuissance.

— C'est bien possible, dit-il. J'ai une clientèle d'hommes d'affaires fortunés. Mais comme vous le savez sûrement, les appareils sont généralement affrétés au nom de l'une ou l'autre de leurs sociétés. Il n'y a pas de liste des passagers, pas plus qu'il n'y a de contrôles des passeports à l'embarquement.

— Mais il y en a sûrement à l'arrivée, fit Brichot. Autrement, il suffirait d'affréter des avions privés pour pouvoir se livrer en toute impunité à tous les trafics imaginables !

— Bien sûr, répondit Gechrit avec un sourire mielleux. Enfin... en principe. Les autorités portuaires sont plus ou moins regardantes, selon les pays. Mais ça, en tout cas, ça n'est pas de mon ressort.

Corentin hésita à sortir son paquet de Gauloises blondes, mais y renonça : Gechrit n'avait pas fumé depuis le début de l'entretien, et il n'y avait pas un cendrier en vue.

Il devait faire une obsession anti-tabac qui rappela soudain à Boris le P.-D.G. de France-Europe Média.

— Et Yvon Vandel, demanda-t-il à brûle-pourpoint, vous connaissez ?

Cette fois, sous le masque impassible du patron de Septième Ciel, Boris crut deviner comme un frisson. Une réaction quasi imperceptible... à moins que son imagination ne lui eût joué des tours...

— Là encore, fit Gechrit : comme tout le monde. Qui n'a pas entendu parler d'Yvon Vandel ? Personnellement, je ne l'ai jamais rencontré. Pourquoi ? Il était à bord du Falcon, lui aussi ?

Dites-donc, quelle assemblée prestigieuse ! c'était le moment ou jamais de parler de « jet-set » !

Il éclata d'un rire léger, presque insouciant, qui agaça Boris.

— Bien, fit celui-ci en se levant, imité par Brichot, nous n'allons pas vous ennuyer davantage, monsieur Gechrit. J'espère seulement que vous ferez preuve de la même disponibilité si nous devions encore faire appel à vous…

— Mais bien sûr, messieurs, ma porte vous est toujours ouverte, lança Gechrit en se levant à son tour pour les accompagner jusqu'à la porte.

Corentin s'immobilisa :

— Une dernière chose, monsieur Gechrit : nous aimerions avoir une conversation avec votre pilote. Celui que vous avez licencié.

— Ça doit pouvoir se faire, fit-il. Ma secrétaire a certainement ses coordonnées.

Il prit familièrement Corentin par le bras et s'approcha — un peu trop près au goût de Boris — pour ajouter en souriant :

— Il doit me haïr de l'avoir congédié. Ne croyez pas tout le mal qu'il vous dira de moi.

Boris se fabriqua un sourire, en réponse à celui de l'Allemand :

— Nous saurons faire la part des choses. Au fait, pendant que j'y suis, j'aimerais également parler à l'une de vos hôtesses. Une de celles qui se trouvaient à bord du Falcon, bien entendu.

À nouveau, Corentin crut percevoir cette réaction défensive, sous le visage imperturbable de l'Allemand. Mais une nouvelle fois, celui-ci se reprit trop vite pour que Boris puisse en être certain.

— Bien entendu, fit Gechrit avec, quand même, un peu moins d'empressement que pour le pilote. Carmina va vous arranger ça.

À la simple évocation du véritable appel au viol perché sur deux jambes qui les attendait dans l'antichambre, Aimé Brichot recommença à rougir.

Boris, lui, avait hâte de se retrouver face à elle.

Pour toutes sortes de raisons.

Mais principalement parce que cet entretien-là serait, quoi qu'il arrive, infiniment plus agréable que celui qu'il venait d'avoir avec son patron.

## Chapitre VII

— On se croirait à Pigalle ! s'exclama Aimé Brichot en descendant du taxi qui venait de les déposer à l'angle de Kœnigplatz et de Gustavstrasse, le centre du quartier « chaud » de Francfort.

— Évidemment, fit Corentin en se vissant une Gauloise blonde au coin des lèvres. Les alignements de sex-shops et de boîtes à strip-tease, quel que soit le pays, ça se ressemble toujours.

Sous un crachin qui rappelait celui de Paris, ils se dirigèrent vers le 18, Anekinstrasse, l'adresse d'Axel Runge, le pilote licencié de Septième Ciel. Entre le ciel plombé et les trottoirs mouillés, les éclairages des sex-shops paraissaient plus glauques encore que d'habitude.

— Dis donc, fit Aimé en désignant une façade aussi peu discrète que les autres. Les quartiers chauds se ressemblent peut-être, mais ça, à ma connaissance, il n'y en a pas à Paris.

Sur la façade en question, les mots « Eros-Center » écrits en énormes lettres de néon, s'étalaient sur toute la largeur. Il n'y avait pas de vitrine, mais une simple porte.

— Eh oui, Mémé, fit Boris : la version contemporaine de nos bonnes vieilles « maisons closes » !

Aimé Brichot tritura le bout de sa moustache :

— Tu penses qu'on devrait les rouvrir, chez nous ?

— Je ne sais pas, fit Boris avec une secousse des épaules. Il y a du pour et du contre. Ce sera aux législateurs de décider. Nous, on n'est pas là pour faire les lois, juste pour les faire respecter.

Le 18, Anekinstrasse était un immeuble moderne, d'aspect correct et banal. Boris sonna à l'interphone portant le nom d'Axel Runge. Au bout d'un moment assez long, une voix féminine lui répondit :

— *Ja ?*

— *Französisch polizei*[1], fit Corentin. *Herr Axel Runge, bitte.*

— *Vierte stock*[2].

La porte s'ouvrit avec un bourdonnement. Boris ignora l'ascenseur et s'engouffra dans l'escalier.

— Ce n'est qu'au deuxième étage, dit-il.

— Je ne savais pas que tu parlais allemand, fit Aimé.

— Quelques mots, sans plus.

La femme entre deux âges qui leur ouvrit aurait pu être jolie, si elle ne s'était pas laissée aller au point d'avoir des allures de SDF. Les cheveux bruns ébouriffés, pas maquillée, elle portait un

1. Police française.
2. Deuxième étage.

tee-shirt troué et un pantalon de jogging difforme, le tout assorti d'une paire de charentaises sans âge. Son regard vide et sa bouche tombante aux commissures lui donnaient un air triste à pleurer.

— *Guten Tag, fraülein,* fit Boris en lui montrant sa carte professionnelle. Est-ce que vous parlez français ?

— Je… petit peu, répondit la femme d'une voix morne.

— Parfait. Nous voudrions parler à Axel Runge, s'il vous plaît. Il est là ?

— Il est. Venez moi.

Corentin et Brichot la suivirent à travers un petit appartement au mobilier bon marché. Dans la pièce qui faisait office de salon, un poste de télévision était allumé. Affalé sur un canapé au tissu usé, un homme regardait un film porno avec l'air de penser à autre chose. À l'arrivée des deux policiers, il éteignit à l'aide de sa télécommande et, sans se lever, tourna vers eux un visage las.

— *Ja ?* demanda-t-il d'une voix fatiguée.

Il avait sans doute moins de cinquante ans, mais, aussi négligé que sa compagne, en paraissait dix de plus. Pas rasé, pas coiffé, des cernes violets sous les yeux, il portait lui aussi un pantalon de jogging, assorti d'un pull zippé troué aux coudes.

— Monsieur Runge ? demanda Corentin.

— *Ja.*

— Vous parlez français ?

— Oui.

— Bien, fit Boris, qui désigna deux chaises, près du canapé :

— Vous permettez ?

L'autre acquiesca d'un signe de tête.

— Monsieur Runge, fit Boris en s'asseyant, nous sommes chargés par le gouvernement français d'enquêter sur ce qui s'est passé à bord du vol privé reliant Zurich à Londres, le deux décembre dernier.

Un sourire amer se dessina sur le visage de l'ex-pilote :

— Vous êtes allés voir Hans Gechrit, le patron de Septième Ciel, je suppose ?

— En effet. Mais il n'a pas pu nous dire grand-chose, si ce n'est qu'il vous avait licencié pour ne pas avoir respecté votre plan de vol et être descendu sous l'altitude réglementaire.

Runge eut un petit rire méprisant.

— Cette ordure… dit-il. Il se moque bien de ce qui se passe à bord de ses appareils, d'habitude. Dans cette histoire, j'ai servi de bouc émissaire. Et maintenant grâce à lui, je suis un homme fini. J'ai quarante-sept ans et je ne retrouverai jamais de travail, sur aucune compagnie… Jamais.

Corentin se racla la gorge, un peu gêné. Malgré lui, il ressentait une vague compassion envers cet homme qui avait déjà commencé à glisser doucement vers le fond. Et qui risquait de finir comme une épave… une épave humaine.

— Il faut dire que d'habitude, reprit-il, personne ne meurt en cours de vol et surtout, on ne se débarrasse pas de cadavres en les jetant par la portière.

L'œil sombre d'Axel Runge se figea dans celui de Boris.

— Qui vous a raconté cette histoire ? fit-il méchamment.

— Personne ne nous l'a racontée. Ou plutôt, c'est le cadavre lui-même qui nous l'a racontée, en remontant inopinément à la surface. À partir de là, notre enquête nous a permis d'apprendre le reste. Vous voyez, monsieur Runge, nous savons déjà pratiquement tout. Nous ne vous demandons que de nous le confirmer. En nous précisant quelques détails, si possible. J'ajoute que vous n'êtes pas en cause, personnellement. Vous avez déjà été sanctionné par votre employeur et nous n'avons pas l'intention de vous créer des ennuis supplémentaires.

Il ajouta, dans une inspiration subite :

— Par contre, c'est lui qui pourrait en avoir… si vous nous aidez.

Au sourire torve qui déforma la bouche de l'ex-pilote, Boris sut qu'il avait touché juste. Axel Runge haïssait tellement son ex-employeur qu'il était prêt à tout pour le faire « plonger ».

— Eh bien, commença Runge, pendant le vol, ça a été la partouze habituelle. Vous connaissez, je suppose, les petites « spécialités » de Septième Ciel ?

— Oui. Et qui était à bord ?

— Serge Marchal, le célèbre chef d'entreprise français, et une dizaine de ses plus proches collaborateurs… et collaboratrices.

— C'est bien ce que nous pensions, fit Corentin.

— Et puis, bien sûr, les filles… enfin, les « hôtesses ». Et deux stewards. Moi, évidemment, j'étais aux commandes, je ne participais pas et je n'assistais pas à tout ça. Mais dans ces cas-là, les filles, ou les stewards, se relaient pour venir me raconter... histoire de m'en faire profiter indirectement.

— C'est gentil de leur part, ironisa Brichot. Vous devez être très copain avec toutes ces filles, depuis le temps, non ?

L'ex-pilote tendit le bras pour attraper la bouteille de bière grand format posée par terre, à ses pieds, et but une large rasade au goulot. Il s'essuya les lèvres d'un revers de main avant de répondre :

— Non, pas vraiment. Il y a trop de « turnover ».

— Vous voulez dire, insista Brichot, que le... « personnel de bord » se renouvelle souvent ?

— Exactement.

Boris et Aimé se regardèrent.

— Ça se comprend, fit Corentin : avec un boulot pareil, les filles doivent avoir besoin de beaucoup de vacances...

Il se tourna vers Runge :

— Mais pour en revenir à ce fameux vol du deux décembre... La fille qui est morte pendant cette... partouze volante était un transsexuel. Vous le saviez ?

Les sourcils épais d'Axel Runge se soulevèrent très haut sous l'effet de la surprise. C'était la première fois qu'il manifestait une émotion aussi nette depuis le début de l'entretien. Boris sut qu'il ne mentait pas quand il répondit :

— Non. Je l'ignorais. Je ne savais pas que cet

enfoiré de Hans Gechrit employait même des transsexuels.

— Pour tout vous dire, fit Boris, je pense qu'il l'ignorait, lui aussi.

Cette fois, l'incompréhension la plus totale se peignit sur le visage de l'ex-pilote.

Avant qu'il ait eu le temps de faire un commentaire, la femme aux allures de SDF entra dans la pièce en traînant les pieds dans ses charentaises, et tendit sans un mot une cannette de bière à Boris, une autre à Aimé. Ils la remercièrent d'un signe de tête et elle repartit sans une parole, accompagnée par le frottement de ses chaussons sur la toile de jute faisant office de moquette.

— Et cette fille-là... je parle du transsexuel, reprit Corentin, vous la connaissiez ?

Runge secoua la tête.

— Pas plus que les autres... jamais vue.

— Donc, insista Brichot, vous ne savez pas non plus d'où elle sortait, ni par qui elle avait été recrutée ?

L'ex-pilote se contenta de hocher négativement la tête.

— C'est bien l'un des extincteurs du Falcon qui a servi à lester le corps ? demanda Boris.

— Oui.

Il y eut un silence prolongé au cours duquel les deux Français burent chacun une rasade de bière au goulot. Après un temps de réflexion, Boris se tourna vers Aimé :

— Tu vois l'ironie de l'histoire, Mémé ? En jetant le corps du transsexuel par la portière de l'avion, Marchal s'est débarrassé, sans le savoir, du cadavre de son assassin !

Les sourcils d'Axel Runge se rejoignirent sous l'effet de l'incompréhension. Sans lui laisser le temps de poser des questions, Boris enchaîna :

— Il y a quand même une chose qui m'étonne... Comment se fait-il que vous, un pilote expérimenté, vous ayez pu accepter de vous prêter à une chose pareille ? Non seulement vous commettiez une faute grave en exécutant cette manœuvre dangereuse, ce que vous ne pouviez pas ignorer, mais en plus, vous vous rendiez coupable de complicité de dissimulation de cadavre ! Dans le meilleur des cas, vous risquiez de perdre votre job ; dans le pire des cas, d'avoir de gros ennuis avec la police. Alors ?... J'avoue que je ne comprends pas.

Au lieu de répondre, Axel Runge eut un sourire amer et détourna la tête. Au même instant, Corentin fut frappé par l'évidence :

— J'ai compris ! fit-il. Marchal vous a payé ! Et cher, j'imagine. Je me trompe ?

Le visage de Runge se tourna lentement vers lui. Un pâle sourire flottait toujours au coin de ses lèvres. Il mit un index en travers de sa bouche.

— Chut ! dit-il en regardant derrière lui, dans la direction où la femme avait disparu. Ça, c'est mon petit secret. Vous avez vu Greta ?

Dans un réflexe, Corentin et Brichot regardèrent brièvement dans la direction de ce qui devait être la cuisine.

— Greta, c'est elle ? fit Boris avec un mouvement de menton vers l'autre pièce.

— Oui.

— Votre compagne ?

— Ma femme, fit Runge avec un air dégoûté qui disait à lui seul en quelle considération il la tenait.

— Et alors ?...

— Et alors, reprit l'ex-pilote un ton plus bas, vous auriez envie de vivre avec elle, vous ?

— La question ne se pose pas vraiment, fit Boris qui commençait à voir où l'autre voulait en venir.

— Eh bien pour moi, elle se pose, fit Runge. Elle se pose même depuis longtemps. Cet argent, c'est mon billet de divorce. Mon ticket pour l'évasion. Mais il ne faut surtout pas qu'elle le sache, sinon elle en exigera la moitié. Et ça, il n'en est pas question, vous comprenez ? Il y a trop longtemps qu'elle m'emmerde !

Boris et Aimé se regardèrent en hochant la tête. Tout était parfaitement clair, à présent.

De même qu'il était clair que le dénommé Axel Runge, qui traitait son ex-patron d'ordure, ne déparait pas dans le tableau.

Corentin et Brichot prirent congé et se retrouvèrent quelques minutes plus tard sur Anekinstrasse. La température avait plongé de quelques degrés et Boris releva en frissonnant le col de son blouson de cuir.

Aimé l'imita, remontant le col de son manteau de tweed anglais de chez Old England.

Ils longeaient Gustavstrasse et son alignement de sex-shops, à la recherche d'un taxi pour les ramener à l'aéroport, quand Aimé Brichot s'arrêta soudain.

— Dis-donc, fit-il, il y a un truc qui me titille, depuis tout à l'heure…

— Quoi donc ?

— Le transsexuel… Axel Runge nous a dit qu'il ne la connaissait « pas plus que les autres ». Ce sont ses termes exacts : « pas plus que les autres ».

— Oui. Et alors ?

Aimé Brichot serra un peu plus autour de sa nuque maigrelette le col de son manteau de tweed :

— Et alors, fit-il, Runge était un habitué de ces vols très spéciaux. En tant que tel, il aurait dû, logiquement, finir par les connaître, ces filles. Au moins quelques-unes d'entre elles. Et ce, même si le « personnel de bord » changeait souvent.

Boris le regarda, intrigué :

— Où veux-tu en venir, Mémé ?

— À ceci : pour qu'un pilote travaillant régulièrement pour Septième Ciel ne connaisse aucune des filles « officiant » à bord, ça veut dire que le cheptel est entièrement renouvelé à chaque vol. Bref, que ce ne sont jamais les mêmes. En clair, les « hôtesses » de Septième Ciel « travaillent » une fois, jamais deux. Pour des filles dont Hans Gechrit nous a dit qu'elles étaient très contentes de leur sort et qu'elles étaient très bien payées, tu ne trouves pas que c'est bizarre, toi ?

Une ride se creusa verticalement sur le front de Boris, sous l'effet des réflexions qui l'agitaient. Il alluma une Gitane blonde avant de répondre :

— Tu as raison, Mémé, c'est même très bizarre… Et du coup, je me demande si ça n'aurait pas quelque chose à voir avec l'attitude étrange de la secrétaire de Gechrit...

— Qui, comme par hasard, n'avait sous la main aucune des coordonnées de ces filles, quand on les lui a demandées.

— Et qui nous a dit, enchaîna Corentin, qu'elle ferait des recherches et nous enverrait ces renseignements par e-mail...

Il tira une bouffée de sa cigarette et ajouta, pensif :

— Une compagnie aérienne qui ne possède aucune des coordonnées personnelles de ses hôtesses... c'est une première dans l'histoire de l'aviation civile !

## Chapitre VIII

Hans Gechrit remit une bûche dans le feu de bois qui jetait une lumière douce et tremblotante dans le vaste salon de sa luxueuse résidence, située à vingt kilomètres de Francfort. Puis il remplit un verre en cristal de Bohème de son whisky préféré, du Talisker, fabriqué dans l'île de Skye, au nord-ouest de l'Écosse, et en avala une gorgée, sec et sans glace. Un nectar pareil, pensait-il, il fallait être une brute épaisse pour le boire autrement.

Verre en main, vêtu d'une robe d'intérieur en soie à motifs anglais, il avança jusqu'à l'immense baie vitrée d'où il dominait toute la vallée environnante. La neige était tombée pour la première fois de l'année la nuit précédente, et le paysage avait des allures de carte de vœux, avec les petites lumières du village de Rumsdorf, au loin, dont on distinguait les toitures et le clocher blancs.

Posséder une résidence aussi vaste, avec dix hectares de terrain autour, aussi près de Francfort, c'était un signe indéniable de réussite et de fortune. Un signe dont Hans Gechrit ne se lassait pas.

Comme il ne se lassait pas de disposer d'une domesticité nombreuse, et d'un chauffeur pour piloter la Mercedes 600 SL qu'il changeait tous les ans.

Il y avait des hommes riches pour qui la fortune et tous ses avantages étaient devenus des choses banales, quotidiennes, auxquelles ils ne prêtaient même plus attention.

Pas lui.

Pas lui, parce qu'il savait ce que c'était que d'avoir la fortune à portée de main, et de tout perdre en un jour.

Ou plutôt, en une nuit.

Une nuit fatidique, il y a longtemps, où l'inconséquence de sa jeunesse lui avait fait perdre le tout premier capital de sa vie, celui qui aurait dû, normalement, constituer le premier pas vers la richesse. La vraie.

Du coup, le fait d'avoir été obligé de repartir de zéro, sans un sou et sans l'aide de personne, lui avait fait apprécier doublement sa réussite financière, quand il l'avait enfin obtenue.

Mais tout cela ne lui avait pas fait oublier pour autant l'épisode cruel d'une ruine… dont il était en partie responsable, c'est vrai.

Mais pas seulement lui.

Hans Gechrit avala une nouvelle gorgée brûlante de son whisky âcre, au goût de tourbe écossaise.

En se disant, comme à chaque fois qu'il en buvait, que ce nectar farouche, pas à la portée de n'importe quel buveur, avait le goût puissant de la vengeance…

Une vengeance qu'il avait passé des années à ruminer en silence…

Et qu'aujourd'hui, il commençait enfin à savourer.

« Commençait » seulement.

Parce que, si la vengeance, dit-on, est un plat qui se mange froid, la sienne, comme un bon repas, comportait plusieurs plats.

Et pour l'instant, il n'avait dégusté que l'entrée…

À propos d'entrée…

Hans Gechrit se tourna machinalement dans la direction du hall de sa résidence. Il était bien trop éloigné du salon pour qu'il puisse le voir, mais c'était comme si, inconsciemment, le fait de diriger son regard dans cette direction allait faire résonner le coup de sonnette qu'il attendait.

Avec une impatience grandissante.

Il regarda sa montre, une fois de plus.

Vingt-deux heures.

À partir de maintnant, « il » était en retard…

Mais « il » sonna à cet instant précis et Hans Gechrit eut un imperceptible sourire en s'octroyant une nouvelle rasade de Talisker.

Dans l'immense résidence aux tapis épais et aux parois insonorisées, on entendait rarement le moindre bruit. Mais Gechrit « voyait » mentalement son maître d'hôtel ouvrir la porte au visiteur, le débarrasser de son manteau et le conduire silencieusement jusqu'à lui.

Au bout du nombre de secondes exact qu'il avait compté dans sa tête, la voix légèrement rauque résonna dans son dos :

— Bonsoir, Hans.

Gechrit ne se retourna pas et continua, verre en main, à contempler la carte postale enneigée qui s'étendait de l'autre côté de sa terrasse.

Mais un frisson délicieux venait de lui descendre le long de l'épine dorsale et lui envoyait des picotements dans le bas-ventre... où une boule de chaleur se formait déjà.

— Bonsoir, Carmo, fit-il d'une voix eraillée par l'émotion. Tu as failli être en retard.

Il entendit les pas feutrés, sur la moquette épaisse, s'approcher de lui.

— Je ne suis jamais en retard, tu le sais bien.

— Je sais...

Gechrit sentit le souffle léger de « Carmo » dans sa nuque, et une bouffée de son eau de toilette citronnée, « Kouros », de Saint-Laurent, parvint à ses narines.

Puis il sursauta légèrement et frissonna lorsqu'une main noire, prolongeant une manche de costume sombre et le poignet « mousquetaire » d'une chemise blanche, vint se glisser dans l'échancrure de sa robe d'intérieur et se posa sur sa poitrine.

De son autre bras, Carmo acheva d'entourer le corps de Hans Gechrit et une seconde main se glissa à son tour dans le vêtement.

Un peu plus bas, à la hauteur du ventre. Et commença à glisser doucement vers le bas.

Puis, d'un seul coup, Carmo interrompit son geste et sa main quitta l'abdomen de Gechrit pour s'emparer de son verre de scotch. Qu'il porta sans manières à ses lèvres.

— Puisque tu ne m'offres pas à boire, je me sers, tu permets ?

Quand le breuvage lui brûla la gorge, Carmo poussa un râle étouffé, dans le cou de Gechrit, suivi d'une longue exhalaison alcoolisée.

— Pas mauvais, ton whisky, souffla-t-il de sa voix à la fois rauque et relativement haut perchée pour un garçon.

Il remit le verre dans la main de Gechrit et, le serrant dans ses bras, posa ses lèvres sur sa nuque et se colla à son dos de tout son corps. Gechrit reçut comme un choc électrique le contact du membre raide, dur comme du béton et gros comme une aubergine, qui, à travers le costume de Carmo, venait de se coller à ses fesses.

Le feu qui lui chauffait le ventre depuis un moment se transforma d'un seul coup en brasier. Entre les pans de la robe d'intérieur en soie sous laquelle il était nu, sa virilité s'érigea en quelques secondes, comme une fusée sur sa rampe de lancement.

Avec un ronronnement de satisfaction, Carmo effleura l'engin de l'extrémité de ses doigts sombres, flattant le casque rose et lisse qui le surmontait, griffant du bout des ongles les veines bleues et gonflées qui couraient sous la peau délicate.

— Je vois que je te fais toujours autant d'effet, murmura-t-il à l'oreille de Gechrit, tétanisé.

Qu'il relâcha pour reculer de quelques pas.

Le patron de Septième Ciel se retourna enfin pour contempler son visiteur. Celui-ci se tenait devant le feu de bois, poings aux hanches, jambes légèrement écartées. Il était vêtu d'un costume de laine anthracite, d'une chemise blanche, d'une cravate sombre et de mocassins noirs.

Malgré ses talons presque plats, il mesurait un bon mètre quatre-vingts.

Il n'y avait pas que ses talons qui étaient plats, d'ailleurs.

Sa poitrine aussi.

Ce qui avait de quoi surprendre, puisque celui que Hans Gechrit venait d'appeler « Carmo » n'était autre que sa secrétaire — très — particulière, Carmina, la sublime Noire qui s'était si impudiquement exhibée la veille devant Corentin et Brichot.

Lesquels, s'ils l'avaient vue maintenant, auraient été très étonnés en constatant que sa magnifique poitrine — sans doute comprimée par une sorte de gaine élastique — était devenue presque insoupçonnable sous sa chemise.

Mais ce qui les aurait carrément stupéfiés, c'était le membre viril d'une longueur et d'une grosseur impressionnantes qui déformait le pantalon de Carmo-Carmina, comme si on lui avait planté verticalement, sous la ceinture, une bouteille de 75 centilitres.

Carmina se redressa, poings aux hanches, et un feu sombre flamboya dans ses yeux verts quand elle ordonna :

— À genoux !

Le président de Septième Ciel obéit sans se le faire répéter.

Il était clair que, dans ce jeu de rôles auquel l'un et l'autre semblaient habitués de longue date, le patron, c'était elle.

Ou lui, puisqu'en l'appelant Carmo, Gechrit avait clairement choisi de donner à Carmina une identité masculine.

Tout au moins pour la durée de leur petit jeu…

La black fit quelques pas en avant, d'une démarche aussi virile que possible. Mais le naturel revenant au galop, elle chaloupait des hanches avec une sensualité qui ne faisait qu'ajouter au côté équivoque de son personnage.

— Tu en as envie, hein ? fit-elle.

Gechrit, la gorge nouée, se contenta de hocher affirmativement la tête.

— Alors vas-y, fit Carmina : sers-toi.

Comme s'il n'attendait que cette autorisation, Hans Gechrit entreprit, avec des gestes fébriles, de libérér de sa prison de tissu la fabuleuse virilité dont la silhouette se dessinait déjà avec une incroyable précision. Lorsqu'il parvint à ses fins, l'engin noir lui jaillit devant le visage comme s'il avait été propulsé par une catapulte. Le sexe artificiel surdimensionné était d'un réalisme saisissant. Rien n'y manquait : ni le casque turgescent émergeant de ses replis de peau, ni les veines saillantes tout au long de la formidable hampe… ni les sacs lourds et souples, restés dans le pantalon de Carmina et que Gechrit malaxait amoureusement à travers le tissu.

Sans pouvoir se contenir une seconde de plus, le patron de Septième Ciel ouvrit les mâchoires à se les décrocher et engloutit le membre de plastique surgissant du ventre de « Carmo ». Non sans mal, vu la taille de l'engin, il le fit coulisser entre ses lèvres avec des grognements de plaisir.

Auxquels, histoire de jouer le jeu, Carmina joignit ses propres feulements de satisfaction.

Une satisfaction totalement feinte… ou presque. Car le simple fait de voir son patron à genoux devant elle, en train d'avaler comme une chienne en chaleur le « gode-ceinture » qu'elle s'était harnachée autour de la taille, lui procurait des satisfactions bien réelles.

Au bout d'un moment, ce fut Hans Gechrit qui, désireux de passer à des choses plus sérieuses, prit l'initiative.

Il abandonna sa proie et leva des yeux implorants vers Carmina.

— Prends-moi, demanda-t-il.

Un sourire de tigresse s'élargit sur le visage sculptural de la Noire, qui fit mine de consentir à la demande de son « esclave ».

— Très bien, dit-elle. Déshabille-toi et mets-toi à quatre pattes.

Gechrit ne mit pas longtemps à obéir, vu qu'il ne portait rien d'autre que sa robe d'intérieur. Il se positionna comme on le lui avait demandé et s'immobilisa.

À son tour, Carmina se dévêtit. En un tournemain, elle se débarrassa de son costume, de sa chemise, de sa cravate et de ses chaussures. Elle n'était plus habillée que de l'espèce de boléro en latex qui lui comprimait les seins et du « gode-ceinture » fixé à ses hanches en amphore.

N'importe quel hétéro aurait sans doute été troublé par le spectacle de cette créature sculpturale, évoquant une déesse antique chez qui des fesses et des hanches incarnant la féminité même se prolongeaient d'une virilité de satyre mythologique.

Carmina qui, de toute évidence, connaissait la maison, se dirigea vers un petit coffret d'argent posé sur une table basse et en sortit un tube de lubrifiant. Revenant vers Gechrit, elle en enduisit consciencieusement son membre de plastique, avant de faire subir le même traitement au petit anneau plissé, niché entre les fesses cambrées de son patron. Gechrit se cambra encore plus, s'offrant comme une femelle à la saillie.

Qui se produisit quelques instants plus tard.

Le président de Septième Ciel poussa un hurlement qui dut s'entendre jusqu'à l'autre bout de sa vaste demeure.

Carmina resta plantée en lui et pesa lentement et régulièrement, de tout son poids, pour faire progresser l'engin monstrueux à l'intérieur de son tunnel étroit.

Gechrit grimaça en se tordant de douleur.

Puis, peu à peu, selon un processus qu'il connaissait bien, le feu qui lui brûlait les reins se calma pour faire place au plaisir.

Ce fut à ce moment-là qu'il se remit à penser à son ennemi.

Il pensait à lui à chaque fois qu'il subissait le genre de traitement qu'il était en train de subir en ce moment même.

Pour la bonne raison que c'était lui, son ennemi,

qui l'avait initié. Il y avait très longtemps... Avant de devenir son ennemi. Avant de devenir l'homme qu'il haïssait le plus au monde.

Et qu'il avait juré de détruire par tous les moyens.

Une obsession qui ne l'avait pas quitté depuis trente ans.

Depuis l'époque de leurs études communes, en fait, quand ils partageaient la même « maison » et la même chambre, dans la prestigieuse université américaine de Harvard.

Déjà, il avait pu utiliser sa fortune et sa compagnie aérienne pour exercer le premier « volet » de sa vengeance. En attaquant son ennemi « par la bande ». C'est-à-dire en organisant la mort d'un homme dont la disparition allait lui porter un coup presque fatal. Financièrement, du moins.

Mais pour un homme d'argent comme lui, cela valait largement tous les attentats contre sa vie.

Et c'était infiniment moins risqué.

Hans Gechrit grimaça de douleur et de plaisir mêlés sous les coups de boutoir de Carmina.

Un « mélange » où, tout compte fait, c'était le plaisir qui dominait.

D'autant plus qu'à ce plaisir-là s'ajoutait la satisfaction indicible de la réussite de son plan. Un plan si parfaitement mis sur pied que, même si l'enquête des deux flics français les avait menés jusqu'à lui, il leur avait été impossible de prouver son implication dans cette affaire.

Parce que le coup de maître avait été d'utiliser une succession d'intermédiaires pour recruter une

« fausse fille ». Un transsexuel qui, en utilisant le produit qu'on lui avait confié, était sûr de mourir avant même sa victime.

Comme ça, pas de traces et pas de bavardages intempestifs, puisque le transsexuel en question ne risquait plus de révéler ses contacts.

Marchal avait même, sans le savoir, donné un coup de pouce au plan de Gechrit en se débarrassant lui-même du corps de son assassin !

Et ça, c'était presque trop beau pour être vrai !

Oui, décidément, c'était plus qu'un coup de maître… c'était — en toute modestie — un coup de génie !

Évidemment, son ennemi, lui, était toujours debout.

Considérablement affaibli, certes, mais debout.

Pas pour longtemps.

Parce que l'heure était venue de lui porter le coup de grâce.

Hans Gechrit supplia « Carmo » de faire une petite pause. Et Carmina fit mine d'accéder à sa demande. Elle se retira des reins du président, qui se retourna et s'allongea sur le dos, à même la moquette, jambes écartées comme une femme s'apprêtant à être prise dans la position dite du « missionnaire ».

Il ferma voluptueusement les yeux et empoigna sa propre virilité, pendant que « celle » de Carmo forçait à nouveau l'entrée de ses reins.

Son ennemi aimait ça, lui aussi, ce genre de pratiques.

Il n'aimait même que ça.

Seulement, contrairement à Gechrit, qui avait fait son « coming out [1] » de bonne heure et n'avait jamais caché son homosexualité, son ennemi, lui, était ce qu'on appelait dans les milieux gays une « honteuse »... Autrement dit, un homo qui se cachait de l'être.

Ce qui, vu sa stature d'homme d'affaires international, pouvait s'expliquer. Vu ses prises de positions également, puisqu'il soutenait régulièrement des mouvements et des organisations prônant le retour à l'ordre moral et aux valeurs traditionnelles. Sans aucune sincérité, bien sûr : uniquement pour servir ses intérêts financiers.

L'« ennemi » allait même jusqu'à cultiver une image d'homme à femmes limite macho, s'arrangeant toujours pour que ses conquêtes s'étalent dans les media. Ses conquêtes et ses mariages, bien sûr. Ses quatrièmes noces, avec une ravissante Eurasienne de vingt-quatre ans, avaient fait la une de tous les magazines « people »...

Si le monde apprenait sa véritable nature, l'« ennemi » en mourrait.

Au sens figuré, bien sûr. Mais ce ne serait déjà pas si mal.

Ruiné et déshonoré...

Alors, alors seulement, la vengeance de Hans Gechrit serait complète.

Et ça n'allait pas tarder à être le cas.

Parce que grace au deuxième « volet » de son

1. « Sortie », en français. On parle aussi de « sortir du placard. » Autrement dit : révéler son homosexualité au grand jour.

plan, qu'il avait déjà mis en place, le monde allait bientôt la connaître, la véritable nature de cet homme si célèbre, si important, si sûr de lui…

Cette idée à elle seule suffit à déclencher son plaisir. Avec un râle de bonheur, pendant que Carmina continuait de le pilonner, Hans Gechrit se déversa à longs jets bouillonnants qui vinrent fouetter son ventre et son torse.

Puis il retomba en arrière, affalé de tout son long sur sa moquette, savourant son bonheur pendant que Carmina, son « travail » accompli, allait se servir un whisky.

## CHAPITRE IX

Yvon Vandel passa une main fine dans sa chevelure blanche, toujours aussi drue à l'approche de la soixantaine, et soupira légèrement en voyant l'une des hôtesses de l'avion se diriger vers son fauteuil. Dans un réflexe de politesse, il lui rendit le sourire qu'elle lui adressa et le regretta aussitôt : la fille crut qu'il avait envie de quelque chose. Elle s'arrêta à sa hauteur et se pencha vers lui dans cette attitude commune à toutes les hôtesses de l'air : une main posée sur le dossier de son siège.

Mais cette hôtesse-là avait une particularité, par rapport à ses consœurs des autres compagnies : elle était prête à satisfaire tous les désirs de ses passagers.

Absolument tous.

D'ailleurs, sa tenue le suggérait déjà.

On était loin de la jupe sous le genou et du chemisier traditionnel, boutonné jusqu'en haut.

La fille qui souriait au président de France-Europe Media portait une petite robe noire, courte jusqu'à l'extrême limite de l'indécence, soutenue par deux fines bretelles. Et suffisamment légère et moulante pour qu'on soit certain qu'elle ne portait rien en dessous.

Sauf, bien sûr, les porte-jarretelles blancs dont on voyait les attaches, retenant des bas de soie claire.

— Vous *desire* quel chose, monsieur ? demanda-t-elle dans un français approximatif et avec un accent indéfinissable.

Le sourire disparut du visage racé de Vandel, qui détourna le regard après avoir lâché un « non, merci » à peine poli.

Non, il ne désirait rien. Ou plutôt si, dans l'immédiat : qu'on lui foute la paix.

Et la dernière chose dont il avait envie, c'était de se retrouver dans un avion de la compagnie privée Septième Ciel, en compagnie de prostituées déguisées en hôtesses de l'air.

Malheureusement, c'était tout ce qu'il avait trouvé pour rallier Turin.

Il s'était rendu à Luxembourg, tôt le matin, pour une réunion importante en compagnie des quatre principaux « exécutifs » de sa multinationale, pour un baroud de la dernière chance : tenter de convaincre ses homologues luxembourgeois de Mediatelsat de prendre la place de feu Serge Marchal et de s'allier avec lui.

Malheureusement, les représentants de Mediatelsat, au courant, comme tout le monde, des difficultés de France-Europe Media, s'étaient montrés peu enthousiastes. Ce qui n'avait surpris Vandel qu'à moitié. Le célèbre patron avait trop de « bouteille » pour ignorer que dans les milieux de la finance et du business, on est toujours prêt à voler au secours du succès, mais qu'aux premières difficultés sérieuses, c'est comme si vous aviez la peste : plus personne ne vous connaît. C'est à peine si les « amis » d'hier vous disent encore bonjour.

Prévoyant cette réaction des Luxembourgeois, Vandel avait organisé pour le même jour une réunion avec les Italiens d'Italcom, dont le siège se trouvait à Turin.

Vu sa stature et sa notoriété, personne n'osait encore refuser de le recevoir. Et les Italiens, comme les Luxembourgeois, avaient accepté le « meeting » qu'il sollicitait.

C'était déjà ça.

Mais Yvon Vandel ne se faisait pas d'illusions.

Si sa dégringolade s'accentuait, il arriverait un moment où ses anciens alter ego ne le prendraient même plus au téléphone…

Ce qui, d'ailleurs, ne le traumatisait pas plus que ça.

C'était la vie. Les hommes étaient comme ça, et il y avait très longtemps qu'il ne se faisait plus la moindre illusion à leur sujet.

D'autant que lui-même avait toujours été un requin de l'espèce la plus redoutable : celle qui ne fait pas de prisonniers et qui ne tend la main aux blessés que pour leur donner le coup de grâce.

Alors… il n'allait pas reprocher aux autres de se conduire comme lui.

Non. Une seule chose l'avait rendu vraiment furieux, aujourd'hui. C'était quand, après la réunion de Luxembourg, son bras droit, Jean Touraine, lui avait annoncé que son Gulfstream 5 personnel — celui, en fait, de France-Europe Media, mais c'était tout comme — avait un ennui de moteur et qu'il était cloué au sol le temps des réparations. C'est-à- dire pour au moins huit jours.

Alors ça, c'était le bouquet ! À croire que le sort s'acharnait contre lui !

Vandel avait brièvement songé à prendre un avion de ligne — ce qui ne lui arrivait d'habitude que pour se rendre à Tokyo ou Los Angeles —, mais il n'y avait pas un vol pour Turin avant dix-sept heures. Trop tard pour sa réunion, qu'il ne voulait manquer à aucun prix. Il avait donc chargé Jean Touraine d'affréter un avion privé. Et Touraine, un peu gêné, était revenu une demi-heure plus tard en lui annonçant que le seul appareil disponible immédiatement était un Falcon 900 appartenant à la compagnie Septième Ciel.

Vandel s'était fâché tout rouge. Comment Touraine pouvait-il imaginer un seul instant qu'un homme comme lui, avec sa réputation, avec ses opinions… accepterait de voyager dans un… « lupanar volant » !

C'était l'expression qui lui était venue à l'évocation d'une compagnie qu'il connaissait de réputation, comme tout le monde, mais qu'il avait toujours soigneusement évité d'emprunter.

Pour ne pas risquer de mettre en péril sa propre réputation, d'abord…

Et aussi parce que Septième Ciel appartenait à un certain Hans Gechrit…

Deux très bonnes raisons, à ses yeux, pour éviter les avions de cette compagnie.

Mais dans l'urgence de la situation, il n'avait pas le choix : c'était ça ou rater la réunion de Turin. La réunion de la dernière chance…

Il avait donc laissé son bras droit affréter le Falcon de Septième Ciel, tout en lui donnant des instructions précises : d'abord que son nom à lui n'apparaisse sur aucun des formulaires officiels. Ensuite, que le nombre des « hôtesses » soit réduit au strict minimum. Enfin, qu'aucun des membres de son entourage ne s'avise, pendant le vol, de leur demander autre chose qu'une boisson ou une collation. Le premier qui s'aviserait de faire mine de vouloir « profiter » de leurs services « spéciaux » serait viré immédiatement, sans préavis et sans indemnités.

Les quatre collaborateurs qui accompagnaient Vandel se l'étaient tenu pour dit. Il y avait trois quarts d'heure qu'on avait quitté Luxembourg et chacun manifestait à l'égard du personnel féminin — réduit à deux hôtesses — une courtoisie presque distante.

Ce qui, d'ailleurs, stupéfiait visiblement les deux filles. Peu habituées à une telle retenue chez leurs passagers, elles se croisaient dans le couloir central en échangeant des regards étonnés et des gestes d'incompréhension.

Sans paraître excessivement contrariées pour autant.

Après tout, si, pour une fois, elles n'étaient pas

obligées de payer de leur personne, c'était toujours ça de gagné.

Calé dans son large fauteuil de cuir crème, à l'arrière de l'appareil, Yvon Vandel se remit à penser à Hans Gechrit.

Il avait fait son chemin, celui-là, depuis l'époque lointaine où ils avaient partagé une chambre à Harvard…

Mais ce n'était pas à la réussite professionnelle de l'entrepreneur allemand que, dans la mémoire d'Yvon Vandel, le nom de Hans Gechrit était associé.

C'était à des choses qu'il aurait voulu effacer de sa mémoire à jamais.

En l'occurrence, leur relation homosexuelle.

Celle-ci avait été assez brève, mais d'une intensité érotique qui mettait encore le feu au bas-ventre de Vandel, quand il lui arrivait d'y repenser.

Pour tout dire, cela suffisait même à provoquer chez lui un début d'érection.

Comme maintenant, à cet instant précis, alors qu'il était — ironie du sort ! — assis dans un avion appartenant justement à Gechrit.

Ce souvenir lointain, Vandel l'avait malgré lui conservé au fond de sa mémoire, comme un vilain petit secret au fond d'une bouteille soigneusement bouchée.

Et il était bien la seule personne au monde à savoir qu'il y avait fait appel, pour raviver sa libido, chaque fois que, depuis, il avait fait l'amour avec une femme.

Y compris avec sa dernière épouse en date,

Sonia, une ravissante Eurasienne de vingt-quatre ans, mannequin de son état, qu'il n'avait pas eu trop de mal à séduire en faisant étalage de sa fortune.

Pourquoi ? Parce qu'elle faisait bien dans le tableau, tout simplement.

Parce qu'elle constituait une manière d'afficher ostensiblement une hétérosexualité totalement feinte, certes, mais indispensable à un conservateur comme lui. Un homme qui soutenait ouvertement des mouvements et des partis ultra-conservateurs… lesquels, dans les pays où ils étaient au pouvoir, le lui rendaient au centuple.

Évidemment, c'était parfois pénible, et souvent frustrant, de se « violer » soi-même en permanence… d'aller constamment contre sa propre nature…

Mais Yvon Vandel, depuis le temps, avait appris à s'imposer cette discipline rigoureuse. Qui, si elle le laissait insatisfait sexuellement, lui offrait de larges compensations dans le domaine de ses affaires.

Ses affaires… Elles l'attendaient à Turin, sous la forme d'un « comité directeur » italien qui n'allait sans doute pas l'accueillir comme le Messie…

Il préféra ne plus y penser pour l'instant et se concentra sur le ronronnement régulier du tri-réacteur, qui avait quelque chose d'apaisant.

Il ferma les yeux en se disant qu'il y verrait plus clair après, s'il arrivait à dormir un petit quart d'heure.

Mais il n'arriva pas à dormir.

Il y avait quelque chose qui le titillait…

Il ne tarda pas à savoir quoi.

Une envie de sexe.

Il ne put retenir un sourire amer.

C'était la meilleure ! Il était dans une situation financière désastreuse et qui risquait encore de s'aggraver ; il était en route pour une réunion qui avait toutes les chances d'être aussi catastrophique que la précédente... et il pensait à quoi ? À la bagatelle !

Tout ça à cause du souvenir de Hans Gechrit, un homme dont il n'avait pas eu de nouvelles depuis trente ans. Et qu'il avait soigneusement évité de revoir.

Pour plusieurs raisons, d'ailleurs...

Vandel se demanda furtivement s'il arrivait encore à Gechrit de penser à lui. Surtout de cette manière-là...

Et aussi... si son ex-camarade de chambre lui en voulait encore, à cause d'un certain événement qui remontait à la même époque...

Vandel se persuada que non. Un homme qui avait réussi comme Gechrit ne pouvait pas ruminer aussi longtemps une simple... péripétie.

Après tout, c'était le genre de choses qui faisaient partie du parcours d'un homme... Une pierre parmi d'autres, sur le chemin de sa réussite.

Il eut un haussement d'épaules : et puis de toute façon, quelle importance ?...

Vandel se rappela soudain que juste derrière lui, à l'arrière de l'appareil, était aménagée une chambre privée, séparée du reste de la cabine par une cloison et une porte fermant à clé.

Avec toujours cette vague envie de sexe qui refusait de le laisser tranquille, il se leva pesamment en se disant que, dans la position allongée, le sommeil viendrait sans doute plus facilement.

Après tout, ce n'était pas tous les jours qu'on avait à sa disposition un vrai lit à bord d'un avion. Autant en profiter.

C'était au moins un bon côté de la compagnie Septième Ciel.

Yvon Vandel poussa la porte et se retrouva dans une chambre vaste et fonctionnelle, dont les parois épousaient les formes arrondies de la carlingue. Le lit, situé en plein milieu, était de format « king-size ». Il était entouré de tables de nuit fixées au sol, avec des lampes de chevet elles-mêmes fixées aux tables de nuit. Séparé par une cloison coulissante en bois précieux, un cabinet de toilette élégant évoquait ceux des anciens « sleepings » de première, dans les trains de luxe.

Yvon Vandel accrocha sa veste sur un « valet » prévu à cet effet et se laissa tomber sur le lit avec un vague sourire.

— Il a dû s'en passer de belles, ici... murmura-t-il. Quand-même... Sacré Hans !...

Il s'efforça de ne plus penser à toutes les turpitudes qui avaient sûrement eu lieu dans cette chambre volante, et ferma les yeux.

Il les rouvrit un instant plus tard, quand on frappa à la porte.

— Entrez ! lâcha-t-il d'une voix fatiguée.

La porte s'ouvrit et une boule se forma aussitôt dans la gorge du président de France-Europe Media.

Qui se demanda aussitôt où avait bien pu se cacher, depuis le début du vol, le steward qui venait de pénétrer dans la pièce.

Le garçon, qui ne devait pas avoir plus d'une vingtaine d'années, était d'une beauté à couper le souffle.

Blond aux yeux bleus, les pommettes et la mâchoire saillantes, il était bâti comme un athlète et sa musculature — sans doute entretenue par une pratique sportive régulière — semblait sur le point de faire craquer les coutures de son uniforme.

Il eut un léger sourire pour demander :

— Vous envie quelque chose, monsieur ?

Il parlait aussi mal le français que ses collègues féminines. Pourtant, Vandel eut la très nette impression que le choix du mot « envie », de sa part, était délibéré.

— Envie… répéta-t-il machinalement. Non, envie de rien en partic…

La fin de sa phrase se bloqua dans sa gorge.

Dans un réflexe remontant de très loin — et qu'il arrivait d'habitude à juguler —, le regard de Vandel avait glissé le long du corps du garçon et s'était figé au bas de son ventre.

Où une protubérance impressionnante déformait la toile bleu-marine de son pantalon.

En constatant le trouble de son passager, le sourire du steward s'élargit et il avança tranquillement jusqu'au bord du lit.

— Si, fit-il, vous envie…

Avec un culot qui laissa Vandel sans réaction, il s'empara de la main du président et la posa sur la bosse dont ce dernier n'arrivait pas à détacher son regard.

Vandel, dans un réflexe, retira sa main comme si on venait de la poser sur une plaque chauffante portée à l'incandescence.

Tout aussi calmement, sans cesser de sourire, le steward la reprit et la reposa au même endroit.

Cette fois, les doigts de Vandel se crispèrent malgré lui autour du fabuleux objet qu'il sentait palpiter sous le tissu.

— Si... répéta le garçon, vous envie... Vous très envie.

Vandel, vaincu, n'enleva pas sa main. Comme si c'était quelqu'un d'autre qui parlait, il s'entendit murmurer comme un aveu :

— Oui... très envie.

Pendant la demi-heure qui suivit, Yvon Vandel, le très puissant et très respecté P.-D.G. de France-Europe Media, oublia totalement qui il était, ses affaires, et tout le reste.

Pour la première fois depuis de longues années, il s'abandonnait complètement à sa vraie nature.

Il avait vaguement conscience de commettre une folie, mais à cet instant, plus rien ne comptait que cet abandon, que ce plaisir d'autant plus fort qu'il l'avait presque oublié.

À aucun moment, il ne remarqua les minuscules objectifs dissimulés un peu partout dans les parois. Et qui clignotaient à intervalles réguliers, dans un silence parfait.

# Chapitre X

— Vous permettez, cher ami ? demanda Charlie Badolini en arrachant une Job spéciale de son paquet ouvert ; ce n'est pas pour fumer, c'est juste pour me calmer… en attendant.

Sans se préoccuper de l'autorisation d'Yvon Vandel, le patron de la Mondaine se vissa sa cigarette au coin des lèvres. Il ne l'alluma pas, mais cette simple « présence » était déjà apaisante. La preuve : les traits de son visage se détendirent légèrement.

Boris Corentin l'observa du coin de l'œil avec une certaine inquiétude. Décidément, pensa-t-il, le patron était intoxiqué jusqu'à la dépendance.

Non que ce fût une surprise, d'ailleurs, après tant d'années de tabagisme…

Cela dit, à l'instant présent, il avait presque l'air en meilleure santé que le célèbre président de France-Europe Média.

Qui lui, malgré la stricte hygiène de vie qu'il s'imposait depuis des années, était plus pâle et décomposé qu'un grand malade en phase terminale.

Du coup, il avait très nettement perdu de sa superbe, par rapport à sa dernière visite. Le sentant, Badolini s'était engouffré dans la brèche… sans aller toutefois jusqu'à allumer sa cigarette.

Et Boris devinait même que c'était avec une satisfaction secrète et légèrement sadique que « Baba » s'attardait longuement, ostensiblement, sur le jeu de photos couleur format 24 X 30 qui s'étalaient sur son sous-main. Le chef de la Mondaine semblait prendre une sorte de malin plaisir à les examiner en détail, alors que, Boris le savait, elles lui auraient plutôt soulevé le cœur.

Yvon Vandel, lui, les fesses sur le rebord de son fauteuil « visiteur », plus raide que s'il avait avalé un parapluie, cherchait tous les prétextes pour regarder ailleurs. Mais en dehors de Corentin et Brichot, dont il évitait soigneusement de croiser le regard, il n'avait guère d'autre endroit où poser les yeux que la fenêtre, avec son carré de ciel gris où se découpaient les toitures du quai des Grands-Augustins.

Bref, dans le bureau — non-enfumé, pour une fois — de Charlie Badolini, la gêne était palpable.

Mais elle émanait surtout de la personne d'Yvon Vandel. Et ce, pour la bonne raison que les photos, qui étaient déjà passées entre les mains de Boris et Aimé, représentaient deux hommes en pleins ébats homosexuels.

Et qu'il était l'un de ces deux hommes.

De toute évidence, si on lui avait donné la possibilité de revenir quarante-huit heures en arrière,

Vandel aurait préféré mourir que de se remettre dans une situation aussi compromettante.

Malheureusement pour lui, il n'y avait pas de retour en arrière possible. Ce qui était fait était fait.

Et la seule option qui s'était présentée à lui avait été d'apporter lui-même à Badolini ces photos qu'il avait trouvées le matin même dans sa boîte aux lettres.

Une démarche qui lui avait fait toucher le fond de la honte...

Mais il n'avait pas le choix.

C'était ça ou... mille fois pire.

— La lettre qui accompagnait ces photos, fit-il d'une voix étranglée, menace de les expédier à tous les media de la planète...

Vandel sortit la lettre en question de la poche intérieure de sa veste et la jeta avec dégoût sur le bureau de Badolini.

Qui s'en empara et la lut rapidement, ses lèvres remuant imperceptiblement en suivant les mots.

— Comme vous pouvez le constater, poursuivit Vandel, l'auteur de ce torchon m'ordonne de faire transférer cinquante et un pour cent des actions de mon groupe sur le portefeuille d'une société du nom de Ocean Invest. On me donne quarante-huit heures pour m'exécuter, faute de quoi les principales chaînes de télévision et les principaux organes de presse mondiaux recevront une copie des... documents que vous avez sous les yeux.

— Et vous pensez qu'ils les diffuseront... ou les publieront ? interrogea Badolini.

— La plupart des télés, journaux et magazines n'oseront pas, fit Vandel, par crainte que ça leur coûte plus cher que ça ne leur rapporterait.

— Comment cela ? demanda Boris.

— Tout simplement, monsieur Corentin, parce que j'ai ordonné ce matin même à mes services juridiques d'envoyer un avertissement sur papier bleu à tous les media : chaque photo publiée ou diffusée leur vaudra d'être poursuivis en justice pour atteinte à la vie privée, avec à la clé des millions d'euros ou de dollars de dommages et intérêts. Et comme j'intéresse quand même moins le grand public qu'une vedette de la chanson ou une star de cinéma, ces photos ne feraient pas grimper les tirages au point que leur publication soit profitable malgré tout. Je veux dire : malgré les dommages et intérêts. Croyez-moi : ils auront vite fait de faire le calcul.

Charlie Badolini fit passer sa cigarette d'un coin à l'autre de sa bouche :

— Donc, vous êtes tranquille de ce côté-là ?

Vandel, qui était déjà blême, devint cadavérique.

— Tranquille ! s'étrangla-t-il. Vous voulez plaisanter ? Le monde entier saurait que ces photos existent, même si elles ne sortaient jamais des salles de rédaction ! Vous avez une idée des conséquences que cela aurait pour un homme comme moi, avec l'image solidement hétéro qui est la mienne et ma réputation de défenseur des valeurs morales conservatrices ? Je serais discrédité, ridiculisé à jamais ! Je n'aurais plus qu'à aller me cacher sur une île déserte ! Ou mieux : à me suicider purement et simplement !

Badolini, Corentin et Brichot échangèrent un regard lourd. Chacun savait parfaitement ce que les deux autres pensaient : à savoir que ce monsieur Yvon Vandel n'avait pas fini de les emm…

Charlie Badolini pianota un instant du bout des doigts sur le cuir de son sous-main et s'adressa à Vandel :

— Dites-moi, cher ami…

Boris sourit discrètement à la manière dont Badolini donnait du « cher ami » à Vandel, histoire de l'amadouer.

— Dites-moi… Vous avez une idée de qui se cache derrière cette société… Ocean Invest ?

Vandel eut une sorte de hoquet méprisant :

— Vous pensez bien que c'est la première chose que j'ai cherché à savoir… J'ai mis tout mon staff[1] sur le coup. J'ai appris qu'Ocean Invest est une société offshore, basée aux îles Caïman, spécialisée dans le management de capitaux privés. En fait, il s'agit d'une société-écran, qui fait partie d'une nébuleuse formée d'innombrables autres sociétés. Impossible de savoir qui est derrière tout ça. C'était à prévoir, d'ailleurs. Vous pensez bien que les salauds qui m'ont fait ce coup-là ont soigneusement préparé leur affaire : ils se sont arrangés pour être virtuellement intraçables.

— Comme vous dites, fit Boris, c'était à prévoir.

1. « Personnel », en anglais.

Il toussotta prudemment avant d'enchaîner, sachant que ce qu'il allait dire n'allait sûrement pas arranger l'ambiance.

— Vous savez, monsieur Vandel, attaqua-t-il sur la pointe des pieds, nous n'avons aucun préjugé contre les homosexuels, avoués ou non, et votre vie privée ne regarde que vous…

— C'est bien mon avis, le coupa sèchement le président.

— Ce que je voulais dire, poursuivit Corentin, imperturbable, c'est que votre vie sexuelle est votre problème, que ce que vous faites entre adultes consentants ne concerne pas la police, et que si vous vous faites surprendre, c'est là encore votre problème. La Brigade mondaine n'est pas là pour veiller à la sauvegarde de votre bonne réputation.

Les mâchoires d'Yvon Vandel se crispèrent et Boris eut la très nette impression d'entendre ses dents grincer. Sa voix avait des sonorités de scie à métaux quand il lâcha, entre ses dents :

— Dois-je vous rappeler qui je suis ?

Boris sentit la colère l'envahir.

— Un citoyen français, gronda-t-il, qui a droit aux mêmes égards et à la même protection que les autres, ni plus ni moins ! Nous ne sommes plus sous l'ancien régime et vous ne faites pas partie d'une caste supérieure !

Yvon Vandel allait bondir de son fauteuil quand Badolini hurla :

— Messieurs !… Messieurs, je vous en prie ! Calmons-nous ! Nous ne sommes pas des gamins dans une cour d'école ! Alors tâchons d'envisager le problème calmement ! Et professionnellement.

Il abattit ses avant-bras sur son bureau et se pencha vers Corentin :

— Boris, permettez-moi de vous rappeler qu'il s'agit ici de choses beaucoup plus graves que les galipettes aériennes de monsieur Vandel !

À ces mots, le président de France-Europe Media eut un sursaut indigné. Mais Badolini, que sa manière de le prendre de haut commençait à agacer, lui aussi, ne le regarda même pas.

— D'abord, enchaîna-t-il, c'est le ministre de l'Intérieur lui-même qui nous a chargés d'éclaircir cette affaire, ce qui constituerait en soi une raison suffisante pour aller jusqu'au bout. Ensuite, je vous rappelle également qu'il s'agit au départ d'une affaire de meurtre. Et d'un meurtre à connotation sexuelle, ce qui entre en plein dans nos attributions. Il se trouve que la vie privée d'Yvon Vandel est devenue un élément de votre enquête. Alors considérez-la simplement comme telle.

Boris faillit allumer une cigarette en dépit de l'allergie du président, mais se retint. Vandel était déjà sur le grill. Il n'allait pas être inhumain au point de le torturer plus que nécessaire.

— Bien, reprit-il une fois son calme retrouvé. Au moins, cette histoire de photos a le mérite d'apporter de l'eau à votre moulin, monsieur Vandel : il ne fait plus aucun doute que quelqu'un cherche à vous nuire…

— Je suis heureux que nous soyons au moins d'accord là-dessus, fit le président, calmé, lui aussi.

— C'est vrai, reprit Brichot. Autant l'affaire Marchal pouvait encore laisser planer une incertitude, autant cette fois, c'est clair : vous étiez directement visé par ce piège qu'on vous a tendu.

— Le… garçon qui figure avec vous sur les photos, demanda Boris, je suppose que vous ne l'aviez jamais vu auparavant ?

Manifestement gêné que la conversation revienne sur ce sujet, Vandel détourna malgré lui le regard. Il se refit rapidement une contenance pour répondre :

— Non. Tout ce que je peux vous dire, c'est qu'il portait l'uniforme des stewards…

Machinalement, Boris s'empara de l'un des clichés qui traînaient sur le bureau de Badolini, et se traita mentalement d'idiot : les deux « protagonistes » y étaient évidemment nus comme au jour de leur naissance.

— Je voulais dire qu'il portait cet uniforme… avant, fit Vandel avec un raclement de gorge embarrassé. Avant que ces photos ne soient prises.

— Oui, bien sûr, admit Boris.

— Je suis à peu près certain, rétrospectivement, reprit Vandel, qu'il s'agissait d'un… professionnel.

— Vous voulez dire : un prostitué mâle ? fit Aimé.

— Oui, dit le président. Il a été payé par quelqu'un, ça ne fait aucun doute dans mon esprit.

Corentin ajouta après un silence :

— Et je ne serais pas étonné qu'il ait été payé par la même personne que celle qui a payé le transsexuel pour… « séduire » Serge Marchal.

Il reprit, après un nouveau temps de réflexion :

— Excusez-moi de revenir là-dessus, monsieur Vandel, mais comme vous l'avez rappelé tout à l'heure, votre réputation est celle d'un homme à femmes. Une réputation que vous vous êtes forgée et que vous entretenez soigneusement depuis de longues années…

— Et alors ?…

— Et alors, une chose est évidente : celui qui a organisé ce coup monté n'ignorait rien de vos… inclinations secrètes : celles que vous cachez si soigneusement, et depuis si longtemps. C'est donc quelqu'un qui vous connaît bien… et qui vous connaît depuis longtemps. Peut-être même un ami d'enfance… ou de jeunesse. Je crois que c'est parmi ces gens-là qu'il faut chercher celui qui vous en veut au point de… « vouloir votre peau », comme vous dites. Vous nous avez avoué vous-même avoir d'innombrables ennemis, mais ça réduit quand même le nombre des suspects possibles, vous ne croyez pas ?

Yvon Vandel soupira profondément et laissa tomber son menton sur sa poitrine avec lassitude.

— C'est possible, en effet.

— Et dans ces relations de jeunesse… celles que vous fréquentez encore… vous ne voyez personne qui serait capable d'un coup pareil ?

Le grand patron de « FEM » resta immobile et silencieux pendant de longues secondes. Puis il secoua lentement la tête :

— Non… Et puis, vous savez, des amis de jeunesse, j'en ai encore un certain nombre. D'ailleurs, quand on réussit, les amis sont comme les ennemis : nombreux.

Aimé Brichot sortit de la poche-poitrine de sa veste en tweed le grand mouchoir à carreaux qui ne le quittait jamais et l'utilisa pour essuyer avec soin ses verres de lunettes.

— Il y a quand-même une coïncidence étonnante, dans cette affaire, dit-il sans lever le nez : la... « fellation mortelle » de Serge Marchal et le piège qu'on vous a tendu à vous ont eu lieu tous les deux à bord d'avions appartenant à la compagnie Septième Ciel.

— C'est vrai, reprit Corentin. À mon avis, c'est de ce côté-là qu'il faut chercher... en attendant mieux.

Badolini tassa machinalement sa Job spéciale sur le cuir de son sous-main :

— Mais le propriétaire de Septième Ciel, cet Allemand... comment s'appelle-t-il, déjà ?

— Hans Gechrit, patron.

— C'est ça. Vous l'avez déjà interrogé, non ?

— Oui, admit Corentin. Et j'avoue que ça n'a pas donné grand-chose.

À l'instant même où il prononçait ces mots, le petit signal d'alarme qu'il connaissait bien s'était allumé dans son cerveau. Très vite, il sut pourquoi.

Yvon Vandel avait réagi en entendant le nom de Hans Gechrit.

Oh, rien de spectaculaire. En fait, c'était à peine perceptible. Tout juste un clignement d'yeux un peu plus appuyé que la normale...

Mais ça avait suffi à alerter Boris.

Il se tourna vers le P.-D.G. de France-Europe Media et le fixa intensément.

— Le nom de Hans Gechrit vous dit-il quelque chose, monsieur Vandel ? demanda-t-il sans le lâcher du regard.

Vandel eut un nouveau clignement d'yeux un peu trop appuyé et sembla hésiter une fraction de seconde avant de répondre, avec un haussement d'épaules :

— Oui, bien sûr, comme tout le monde. Il est suffisamment célèbre. Mais je ne le connais pas personnellement, si c'est le sens de votre question.

— Ça l'est, insista Boris.

— Je regrette, reprit Vandel en le regardant dans les yeux : ce monsieur ne fait pas partie de mes relations… même de jeunesse.

Corentin se tourna vers son partenaire et complice, Aimé Brichot. Chacun des deux savait que l'autre pensait la même chose. À savoir que Hans Gechrit, quand ils lui avaient demandé s'il connaissait Yvon Vandel, s'était imperceptiblement troublé, lui aussi.

Exactement comme venait de le faire le patron de « FEM » à la question inverse.

Corentin se tourna vers Badolini.

— Eh bien moi, patron, dit-il, je le trouve de plus en plus intéressant, ce monsieur Hans Gechrit. Et quelque chose me dit que nous sommes appelés à nous revoir. En attendant, je crois qu'il ne serait pas inutile d'essayer d'en savoir un peu plus à son sujet.

N'y tenant plus, il sortit son paquet de cigarettes avant de conclure :

— Il se passe décidément trop de choses anormales à bord de ses avions. Même pour une compagnie aussi… particulière que Septième Ciel.

## CHAPITRE XI

La main fine d'Alexandra Josselin se posa sur celle, nettement plus virile, de Boris.

Qui la regarda, surpris.

— Fais attention, dit-il en désignant d'un geste circulaire le stand de tir de la police, où ils se trouvaient, ce n'est pas le moment de me distraire.

Un léger sourire flottait sur les lèvres de la jeune lieutenant de police. Comme si elle avait une idée derrière la tête.

— Justement, dit-elle, j'ai envie de faire une petite expérience. Tout le monde sait que le célèbre commandant Boris Corentin serait capable de toucher sa cible depuis un avion en train de faire des tonneaux, ou en rebondissant sur un trampoline… et ce, même si la cible en question se déplaçait en zigs-zags à la vitesse d'une abeille furieuse…

— Quand tu auras fini de dire des c… fit Boris, mi-figue, mi-raisin.

— Mais moi, poursuivit Alexandra, je voudrais te faire passer le test suprême : le test érotique. En un mot, est-ce que ledit commandant Corentin serait capable de garder toute sa concentration en subissant les assauts érotiques d'une créature de rêve : moi. Si tu ris, tu prends une baffe.

— Dites-donc, lieutenant, fit Boris en essayant de garder son sérieux, je vous rappelle que je suis votre supérieur hiérarchique et que vous me devez un minimum de respect.

Les yeux sombres d'Alexandra Josselin se mirent à flamboyer d'une étrange lueur, et elle approcha son visage du sien… en se hissant à cet effet sur la pointe des pieds.

— Et si je te mettais la main au cul pendant que tu tires… ou même pire. Est-ce que tu considérerais ça comme un manque de respect ?

Cette fois, Boris ne put s'empêcher de pouffer… à défaut de trouver une réplique appropriée.

— Bon, fit-il en s'efforçant de prendre un air sévère, tu permets que je reprenne mon entraînement ?

— Mais je t'en prie…

Les hanches d'Alexandra restèrent quand même collées aux siennes, à l'intérieur de l'une des nombreuses « positions de tir » du centre d'entraînement de la police situé dans un sous-sol, près du Panthéon. Ces guichets, équipés d'une tablette pour poser armes et munitions, n'avaient jamais été prévus pour deux personnes. Du coup, Alexandra et Boris pouvaient difficilement éviter le contact… au moins au niveau des hanches.

Corentin, qui ne s'était pas entraîné depuis longtemps, avait décidé ce matin-là de s'accorder une heure de pratique, histoire de s'assurer que son 357 Magnum et lui n'étaient pas trop rouillés.

Et Alexandra n'avait pas été obligée de trop insister pour qu'il lui permette de l'accompagner.

D'autant qu'il avait envie de partager avec elle ses réflexions sur ce qu'il appelait l'« affaire Marchal-Vandel. » Après tout, le point de vue d'un élément féminin comme Alexandra, qui avait oublié d'être idiote, ne pourrait que l'éclairer utilement.

C'est en découvrant le centre d'entraînement exceptionnellement désert que la jeune lieutenant avait eu l'idée de son petit « jeu »...

Boris se mit en position, la main droite refermée autour de la crosse de son arme, l'index sur la détente, et la main gauche, en conque, soutenant la main droite. Le cœur de la cible — une silhouette humaine avec des cercles concentriques sur la poitrine, accrochée à une vingtaine de mètres — s'alignait impeccablement sur le viseur situé à l'extrémité du canon. Boris se raidit, tout en maintenant une certaine souplesse dans les épaules, et s'apprêta à tirer.

Une fraction de seconde avant que le coup de feu n'éclate, il sentit la main d'Alexandra s'insinuer entre ses jambes, par-derrière, et se poser sur l'intérieur de sa cuisse.

Très haut. Suffisamment haut pour effleurer l'endroit le plus intime de son anatomie...

Le coup partit. Et la balle perça la cible entre le quatrième et le cinquième cercle. C'est-à-dire assez loin du cœur.

— Évidemment, grommela Corentin en croisant le regard ironique d'Alexandra, tu m'as distrait.

— C'était le but du jeu, sourit-elle.

Boris soupira et se concentra sur le tir suivant.

Cette fois, Alexandra mit sa « menace » à exécution et posa une main ferme sur la partie la plus charnue de sa personne.

Mais Boris, qui s'attendait à une « attaque » de ce genre, ajusta mieux son tir. Qui se rapprocha du cœur de la cible, sans l'atteindre pour autant.

Alexandra recula un peu et se plaça derrière Boris. Qui entendit sa voix incroyablement sensuelle[1] lui souffler dans le cou :

— Alors comme ça, tu penses que la pipe administrée à Marchal et les galipettes homo de Vandel, tout ça à bord d'avions de Septième Ciel, ça n'est pas une coïncidence ?...

Elle avait posé la question en se rapprochant de Boris. Qui sentit la poitrine voluptueuse de la jeune femme s'écraser contre son dos... et son bas-ventre, cambré en avant, s'appuyer contre ses fesses.

Du coup, le défi à relever devenait double : ajuster ses tirs malgré les assauts érotiques de sa collègue, et rester suffisamment disponible pour réfléchir avec elle à l'enquête.

Boris lui répondit de manière hachée, entre deux coups de feu, pour éviter que les détonations assourdissantes ne couvrent ses paroles.

1. Voir l'usage qu'elle en fait dans « Souricière pour call-girl », BM n° 231.

— Bien sûr que ça n'est pas une coïncidence. Ça me paraît même évident…

Les bras d'Alexandra entourèrent la taille de Corentin et, imperceptiblement, une de ses mains se mit à descendre vers son bas-ventre…

— Et pourquoi donc ? interrogea la jeune femme de sa voix rauque, comme si elle ignorait elle-même le petit manège auquel elle était en train de se livrer.

Boris resta imperturbable. Dans un premier temps.

— Tout simplement, répondit-il, parce qu'il me paraît impossible que le patron d'une compagnie d'un genre aussi particulier que celle-là ait aussi peu de contrôle sur ce qui se passe à bord de ses avions.

Les doigts d'Alexandra avaient atteint le jean de Boris, à l'endroit où, sous la légère caresse tournante qu'elle lui appliquait du bout des doigts, le tissu commençait à se gonfler comme un canot pneumatique avant la baignade.

— Pourtant, fit-elle, si je me rappelle bien ce que tu m'as dit, le patron de Septième Ciel, ce Hans Gechrit, t'a affirmé tout ignorer de… l'épisode ayant entraîné la mort de Serge Marchal.

— Oui, fit Boris d'une voix déjà un peu moins assurée. De même qu'il m'a affirmé ne pas le connaître. Et n'avoir jamais rencontré non plus Yvon Vandel.

— Et tu crois qu'il ment ?

Boris hésita. Alexandra venait de commencer, tout doucement, à faire glisser le zip de son jean. Ça devenait de plus en plus difficile de se concentrer. Aussi bien sur la conversation que sur son tir, d'ailleurs.

— Oui, dit-il. Peut-être pas sur tout, mais au

moins sur un point : je suis persuadé qu'il connaît, ou qu'il a connu Yvon Vandel. Et qu'Yvon Vandel le connaît. Chacun des deux a réagi quand je lui ai parlé de l'autre. Une réaction à peine discernable, très vite maîtrisée, mais suffisante pour les trahir tous les deux. Et si Gechrit m'a menti à propos de Vandel, c'est qu'il a des choses à cacher. Et donc, qu'il m'a peut-être menti à propos d'autre chose... De tout le reste, si ça se trouve.

En une manœuvre rapide et experte, Alexandra dégagea de son vêtement la virilité de Boris. Qui jaillit à l'air libre, tendue comme le ressort d'une arme.

Instinctivement, Corentin se retourna pour s'assurer qu'ils étaient toujours seuls.

— Il n'y a personne, fit Alexandra, surprenant son regard. Rassure-toi : si quelqu'un arrive, on entendra s'ouvrir la porte d'entrée.

Elle ajouta dans un gloussement :

— Ça te donnera le temps de remettre à la niche ce superbe animal qui a l'air si content que je le caresse.

Boris ne put s'empêcher de sourire. Cette véritable bombe de sensualité qu'était Alexandra lui faisait commettre des actes à la limite de l'opp [1]. Un comble, pour un as de la Mondaine ! Mais il devait bien s'avouer que ça l'excitait autant qu'elle.

La jeune femme se colla un peu plus au dos de son amant, et se mit à faire coulisser sa virilité, d'un mouvement régulier, entre ses doigts experts.

1. Outrage Public à la Pudeur.

— Tu sais à quoi je pense ? lui susurra-t-elle à l'oreille.

— Je crois que j'en ai une vague idée, souffla Boris en ajustant son prochain tir comme si de rien n'était.

— Non, dit-elle, pas à ce que tu crois. Enfin… pas tout à fait. À vrai dire, je ne serais pas étonnée que tout ça ne soit qu'une histoire de queues…

Boris, stupéfait, sursauta légèrement et rata son tir : la balle de son Magnum alla se ficher au bord de la cible.

Les yeux ronds, il tourna la tête vers Alexandra :

— Qu'est-ce que tu racontes ?…

La jeune lieutenant émit un petit rire espiègle, sans cesser son manège.

— Tu ne m'as pas dit que Hans Gechrit était homo ?…

— Si.

— Quant à Vandel, on le sait maintenant, il l'est aussi. Et tu sais ce que me souffle mon petit instinct féminin ?

— Non, mais je commence à en avoir une petite idée.

— Que Gechrit et Vandel, non seulement se connaissent, mais sont amants… ou l'ont été.

Boris eut l'impression qu'on venait de lui asséner un coup de gourdin sur la tête. Machinalement, il reposa son 357 magnum sur la tablette prévue à cet effet et resta une seconde les bras ballants.

— Nom de D… murmura-t-il. Et dire que je n'avais même pas pensé à ça !

— Tu vois que tu as bien fait de m'en parler, de ton affaire, rigola Alexandra.

Corentin poursuivit comme s'il n'entendait pas :

— Et s'ils ont été amants il y a longtemps, c'est-à-dire avant que Vandel ne se fabrique aux yeux du monde cette image cent pour cent hétéro… ça veut dire que Gechrit fait partie des rares personnes à savoir qu'il est secrètement homosexuel ! Et que, par conséquent, il a pu lui tendre ce piège en plein vol en toute connaissance de cause… puisqu'il savait, lui, que Vandel tomberait dedans la tête la première !

— Ça me paraît impeccablement déduit, commandant, le complimenta Alexandra. Oh, mais dis donc, qu'est-ce que c'est que ces manières !

Entre ses doigts, la virilité de Corentin, obnubilé par son raisonnement, commençait à perdre de sa magnifique raideur.

— Je crois que cette fois, les grands moyens s'imposent, décréta la jeune femme.

Sans demander la permission, elle contourna son supérieur hiérarchique, se glissa à genoux sous la tablette du poste de tir, et avala jusqu'à la garde le membre qui donnait des signes de faiblesse.

Et qui, aussitôt, retrouva toute sa superbe.

— J'aime mieux ça, fit-elle en l'abandonnant un court instant. Pour un peu, je me serais sentie vexée !

L'engloutissant à nouveau, elle entendit la voix de Corentin au-dessus de sa tête :

— Seulement, il y a un truc qui cloche…

La jeune femme interrompit une nouvelle fois le « travail » qu'elle avait entrepris :

— Quoi donc ?

— Le mobile ! Pourquoi Hans Gechrit s'acharnerait-il à causer la perte d'Yvon Vandel ? Ils évoluent professionnellement dans des secteurs totalement différents. Vandel ne représente ni un concurrent, ni une menace pour les intérêts de Gechrit…

— Peut-être que l'Allemand lui en veut de l'avoir plaqué ? ironisa Alexandra entre deux « bouchées. »

Boris haussa les épaules :

— Cette fois, ma jolie, tu n'y es plus. On nage en plein vaudeville. Des types de cette envergure… se haïr à mort pour des histoires de cul sans doute très anciennes… Non, décidément, ça ne tient pas debout.

Une main refermée autour du pieu de chair émergeant du pantalon de Boris, Alexandra eut un sourire narquois :

— Dis donc, les histoires de cul, tu ne craches pas dessus, toi !

Boris laissa tomber une main pour lui caresser la tête :

— Peut-être, mais si tu me plaques, je ne chercherai pas à te détruire pour autant, rassure-toi.

— Encore heureux…

Corentin resta songeur un instant.

— Peut-être que Mémé pourra éclairer notre lanterne, dit-il. Je l'ai chargé de creuser le CV de Gechrit et celui de Vandel, à tout hasard..

Il regarda sa montre :

— On en saura plus tout à l'heure.

— O.K., fit Alexandra. Ça te laisse le temps de passer ta dernière épreuve.

Boris abaissa vers elle un regard étonné.

— Ah bon, fit-il, et elle consiste en quoi ?

— Très simple, fit la jeune lieutenant : je vais continuer ce que je suis en train de faire jusqu'à ce que tu ne puisses plus te retenir et que tu décharges dans ma bouche. On verra si tu arrives à tirer ton coup et à tirer tout court… avec la même précision.

Émoustillé, à la fois par ce défi original et par le langage cru dans lequel Alexandra l'exposait, Boris accepta le challenge avec un sourire complice.

— C'est parti ! fit-il en remplissant le barillet de son revolver.

Celui-ci contenait neuf balles. Juste avant de tirer la neuvième, Boris se vida avec un râle étouffé dans la gorge d'Alexandra.

Qui prit le temps de l'avaler jusqu'à la dernière goutte, avant de se relever, triomphante. Et d'appuyer elle-même sur le bouton rouge qui faisait revenir la cible à toute vitesse, sur son rail, jusqu'au tireur.

Au double sens du terme, en l'occurrence.

Elle éclata de rire en constatant que la dernière balle n'avait même pas touché la silhouette humaine et s'était perdue, quelque part dans le mur.

Boris, beau joueur, éclata de rire, lui aussi.

À cet instant précis, un toussotement, dans leur dos, les fit sursauter et mit un frein brutal à leur bonne humeur.

Boris se rajusta précipitamment et se retourna.

Aimé Brichot se tenait à quelques mètres d'eux,

une feuille dactylographiée à la main et un air hautement réprobateur sur le visage.

— Si c'est comme ça que tu t'entraînes à tirer, Boris, bougonna-t-il, les criminels ont encore de beaux jours devant eux !

— Oh, ça va, Mémé, ne râle pas ! fit Boris en terminant de se rajuster. Dis-nous plutôt si tu as découvert des choses intéressantes.

Oubliant sa contrariété, Aimé s'avança en brandissant fièrement son document.

— Des choses très intéressantes, même ! Yvon Vandel et Hans Gechrit ont fréquenté la même année l'université américaine de Harvard, en 1972. Et en plus, ils ont partagé la même chambre !

— Bravo, Mémé ! lança Boris. Donc, ils se connaissent, même s'ils se sont perdus de vue depuis.

— Surtout que des souvenirs comme les leurs, glissa subtilement le lieutenant Josselin, ça ne s'oublie pas.

— Qu'est-ce que vous voulez dire, Alexandra ? demanda Brichot.

Corentin répondit à sa place :

— Alexandra est persuadée que, comme ils sont l'un et l'autre homosexuels, ils ont été amants. Ce que tendrait à confirmer ce que tu nous apprends : à savoir qu'ils ont partagé la même chambre à l'université.

Aimé eut une moue incertaine :

— C'est bien possible. Mais ça ne nous dit pas pourquoi Gechrit haïrait Vandel au point de vouloir sa perte.

— Oui, admit plus sombrement Boris… c'est bien ce qu'on se disait.

— D'autant plus, enchaîna Brichot, que malgré toutes les recherches que j'ai lançées, rien ne permet de lier Gechrit aux deux… actions dirigées contre Vandel. Ce qui ne m'a surpris qu'à moitié, d'ailleurs. Si Gechrit est derrière tout ça, tu penses bien qu'il a pris ses précautions pour qu'on ne remonte pas jusqu'à lui. Dans les deux cas, on a affaire à une succession d'intermédiaires dont aucun ne sait quoi que ce soit sur les autres. Impossible de savoir qui a recruté le transsexuel de Marchal. Quant au faux steward de Vandel… il s'est évanoui dans la nature.

Avec des gestes précis, Corentin rechargea son arme et la glissa dans le holster de cuir fixé à sa ceinture.

Puis il leva vers Brichot un regard sombre.

— Eh bien tu vois, Mémé, lâcha-t-il entre ses dents, pour moi, malgré tout, ça ne fait aucun doute : c'est bel et bien Hans Gechrit qui est derrière tout ça. C'est mon instinct qui me le dit.

— Et ton instinct se trompe rarement, je sais, fit Aimé avec un pâle sourire. Malheureusement, on n'a pas le moindre élément en notre possession qui nous donne la plus petite chance de le coincer.

D'un geste sec, Boris releva jusqu'en haut la fermeture zippée de son blouson de cuir.

— Eh bien dans ce cas, c'est très simple, vieux frère : il va falloir trouver autre chose…

## Chapitre XII

— Dis-donc, Mémé, lança ironiquement Jeannette Brichot, si tu as l'intention de nous faire vivre de ta pêche, les enfants et moi, on risque de mourir de faim !

Très digne, Aimé ignora le sarcasme et prit le temps de ranger soigneusement sa première « boîte à mouches », laquelle contenait un assortiment d'« araignées », de « sedges » et de « cul-de-canard[1] », patiemment assemblées par ses soins.

— Je crois que je vais commencer par la pêche en réservoir[2], lança-t-il à qui voulait l'entendre. Il paraît qu'il y en a un idéal pas très loin d'ici, dans la région de Seaux.

— D'accord, Mémé, fit Jeannette sans se départir

1. Noms que donnent les spécialistes à différents types de « mouches ». Ce mot désigne l'assemblage de l'hameçon et d'un appât pouvant imiter toutes sortes d'insectes.

2. Nom que donnent les pêcheurs à la mouche à un lac artificiel ou naturel, plus ou moins grand, constituant une réserve naturelle de poissons. Certains de ces lacs sont même réservés à la pêche à la mouche.

de sa légère ironie. En attendant, si tu venais manger cet excellent steak que j'ai pêché moi-même… chez le boucher.

Avec une pointe de regret, Aimé Brichot abandonna son équipement de futur pêcheur à la mouche dans un coin du salon de son F4 du Kremlin-Bicêtre, et prit place à la table familiale.

Le steak-purée que Jeannette avait préparé avec amour était effectivement excellent, et il oublia provisoirement sa nouvelle passion, contractée à l'occasion de la visite d'un « Salon de la Pêche », au Parc des Expositions de la porte de Versailles.

Entre la conversation animée, les maladresses de Charles, son petit dernier qui mettait de la purée partout, et un « crêpage de chignons » entre les jumelles, Rose et Colette, à propos d'une histoire d'argent de poche, le volume sonore couvrait celui de la télévision, restée allumée dans un coin du salon.

Le journal de 20 heures déroulait son lot habituel de catastrophes et de mauvaises nouvelles, dans un bourdonnement qui, comme pour des millions d'autres familles françaises, avait fini par faire partie de l'ambiance. Aimé Brichot n'y prêtait qu'une oreille distraite quand, tout à coup, le commentaire accompagnant les images d'un « sujet » attirèrent son attention.

« L'immigration clandestine, disait le journaliste, semble prendre des formes nouvelles et inattendues chez certains de nos voisins européens. Les services de l'immigration des Pays-Bas viennent d'arrêter une jeune Irakienne qui se prostituait dans le cadre d'un « eros-center », l'équivalent hollandais de nos anciennes maisons closes. La jeune femme, qui ne possède aucun papier, refuse toujours de décliner son identité. Elle s'est contentée de dire qu'elle était irakienne et qu'elle était arrivée à Amsterdam en avion, sans donner davantage de détails aux enquêteurs... »

Aimé Brichot resta un moment la fourchette en l'air et la bouche ouverte, comme paralysé.

— Eh bien, Mémé, qu'est-ce qui t'arrive ? s'inquiéta Jeannette.

La question de sa femme sembla réveiller Aimé, qui se secoua.

— Rien... Rien, dit-il. C'est juste un truc que je viens d'entendre à la télé...

— À voir ta tête, je ne serais pas surprise que ça ait un rapport avec ton enquête...

Aimé enfourna la bouchée qui attendait toujours, au bout de sa fourchette, et opina :

— Cha ne m'étonnerait pas non plus, dit-il, la bouche pleine.

Il reposa ses couverts :

— Excuse-moi, mais il faut que j'appelle Boris d'urgence.

Jeannette lui posa une main sur l'avant-bras :

— Je suis sûre que ça peut attendre cinq minutes, le temps que tu termines ton steak.

Aimé hésita. Ce steak était effectivement trop bon pour le laisser refroidir. Après tout, Jeannette avait raison : le monde ne s'écroulerait pas s'il prenait le temps de le terminer.

Dix minutes plus tard, il joignait Boris Corentin sur son portable.

— Boris, dit-il, je viens d'entendre au vingt heures un truc qui m'a mis la puce à l'oreille.

En quelques mots, Aimé fit à sa flèche un résumé du reportage que venait de diffuser le journal. Corentin réagit aussitôt :

— Une fois de plus, Mémé, je ne sais pas ce que je ferais sans toi !

— Tu es bien aimable, Boris, mais ne nous emballons pas. C'est juste cette histoire d'avion qui m'a fait tilter. Maintenant, ça ne prouve absolument rien.

— Ça ne prouve peut-être rien, enchaîna Boris, n'empêche qu'une histoire de prostituée, plus une histoire d'avion… Ça a quelque chose de drôlement familier, non ?

— Évidemment, on peut le voir comme ça, mais…

— Écoute, vieux frère, mon pif me dit que cette Irakienne a sûrement des choses passionnantes à nous apprendre.

— Oui. Sauf si elle continue à jouer les muettes. On tâchera de l'amadouer.

— Aimé eut un petit rire sec en repensant à l'épisode érotique du stand de tir :

— Pour ça, dit-il, je te fais confiance.

Aux premières lueurs de l'aube — c'est à dire vers 8 heures, vu qu'on était au mois de décembre —, Corentin et Brichot garèrent leur Mégane de service sur le parking de l'aéroport du Bourget. Cinq minutes plus tard, ils montaient à bord du Gulfstream G150 d'Interpol qu'on avait, sur leur demande, mis à leur disposition.

En haut du petit escalier, Boris eut la bonne surprise d'être accueilli par le sourire enfantin de Jenny, l'hôtesse à la fabuleuse poitrine qui les avait déjà accompagnés à Francfort.

— Heureuse de vous revoir, monsieur Corentin, fit-elle de sa petite voix haut perchée.

En rosissant légèrement.

— Et moi donc, rétorqua Boris… en s'efforçant de la regarder dans les yeux.

Jenny les accompagna jusqu'à leurs fauteuils et, mine de rien, se pencha au-dessus de Corentin pour régler la climatisation de son siège. Dans le mouvement, les deux pastèques que contenait difficilement son chemisier blanc, boutonné jusqu'en haut, effleurèrent le visage de Boris.

Qui sentit sa température monter de quelques degrés.

— Dites-moi, fit-il, c'est toujours Joos Naudin qui est aux commandes ?

— Exactement, sourit la jeune femme. D'ailleurs, il sera sûrement ravi que vous alliez lui rendre une petite visite.

— Nous n'y manquerons pas.

Comme s'il avait su qu'on parlait de lui, le pilote les interpella à cet instant précis, par le moyen des hauts-parleurs de cabine.

— Bonjour, messieurs Corentin et Brichot, dit-il avec son accent belge. Heureux de vous accueillir une nouvelle fois à bord. Nous serons à Amsterdam d'ici une heure quinze environ. Installez-vous confortablement, laissez-vous dorloter par Jenny, et à tout à l'heure, j'espère.

Il mit les gaz et l'appareil s'élança pour prendre son envol.

L'hôtesse s'assit, le temps qu'on atteigne l'altitude de croisière, puis revint vers ses deux passagers.

— Qu'est-ce que je peux vous servir ? demanda la jeune femme. Un thé et un café, comme la dernière fois ?

— Exactement, firent Boris et Aimé avec un bel ensemble.

Elle s'éloigna pendant que Boris, incorrigible, laissait traîner son regard sur ses cuisses rondes et fermes, que découvrait très haut sa petite jupe d'uniforme.

Corentin s'étira dans son confortable fauteuil de cuir crème, aussi vaste que ceux des premières classes, sur les avions de ligne.

— Tu sais quoi, Mémé ? Il ne faudrait pas me pousser beaucoup pour que je m'habitue à voyager de cette manière…

Brichot eut un petit ricanement et mit sous le nez de Boris la brochure qu'il était en train de feuilleter.

— Dans ce cas, dit-il, tu as intérêt à devenir ministre, Président de la République… ou milliardaire. Tu as vu le prix de cet avion ?… Douze millions et demi d'euros !

Boris soupira :

— Tu as raison, Mémé : il ne faut pas rêver

au-dessus de ses moyens. Au fait : nos collègues hollandais se sont montrés coopératifs, quand tu leur as téléphoné ?

— Assez, oui. Sans plus. En gros, l'inspecteur Haneke, que j'ai eu au bout du fil, m'a dit qu'il tenait la fille à notre disposition, ainsi qu'un interprète, si on voulait l'interroger. Mais j'ai bien senti qu'il était un peu vexé qu'on ait l'air de croire qu'on obtiendrait de meilleurs résultats qu'eux.

— Évidemment, fit Boris avec un vague sourire, c'est compréhensible. Toujours cette éternelle rivalité entre les polices... N'empêche que je ne regrette pas cette démarche. Cette Irakienne sans papiers, qui finit dans un bordel hollandais après avoir voyagé en avion... C'est trop inhabituel pour ne pas cacher des choses intéressantes.

— Tu as sûrement raison, Boris, admit Brichot. Les clandestins, d'habitude, ça voyage dans des soutes à bagages, sur les roues des trains, dans des cales de cargos ou sous des bâches de camions... pas en avion. Et ce, pour la bonne raison que pour prendre l'avion, il faut des papiers.

Boris tourna vers Brichot un sourire entendu :

— Et c'est justement ça qui m'intrigue, Mémé. Comme tu dis, il faut des papiers pour prendre l'avion. Sauf ?...

Brichot resta une seconde sans réagir, puis claqua triomphalement des doigts :

— Sauf sur les avions privés ! Comme celui à bord duquel nous nous trouvons en ce moment même...

— Ou, pour prendre un exemple au hasard,

enchaîna Boris… sur les appareils de la compagnie Septième Ciel ! Celle de notre « ami » Hans Gechrit !

Jenny réapparut à ce moment-là avec leurs boissons chaudes. Ils la remercièrent d'un sourire. Boris et la jeune hôtesse échangèrent au passage un long regard appuyé, qui n'échappa pas à Aimé.

— Tu veux peut-être que je vous laisse tous les deux ? ironisa-t-il. Malheureusement, il m'est difficile de sortir…

— Dommage, plaisanta Boris. J'aurais volontiers passé un moment en tête à tête avec elle…

L'inspecteur Gustav Haneke, des services d'immigration hollandais, était un homme d'une quarantaine d'années, aux yeux clairs et à l'allure sportive. Il accueillit ses collègues français avec un sourire légèrement crispé.

— Vous savez, dit-il avec un accent à couper au couteau, nous faire le excellent travail, ici.

— Je n'en doute pas, cher collègue, répondit Boris avec un sourire aussi chaleureux que possible. Mais nous sommes sur une enquête assez particulière, et il se trouve que certains éléments en notre possession risquent de recouper le cas de cette fille. Croyez bien que vos compétences ne sont absolument pas en cause.

Le Hollandais se détendit un peu.

— Bien, dit-il… Voici monsieur Igor Husseini, qui est d'orgine kurde et qui sera votre interprète.

Boris et Aimé serrèrent la main du « Hollando-Kurde » qui, moustache comprise, ressemblait d'une manière frappante à Saddam Hussein.

— Si voulez-vous bien me suivre, suggéra l'inspecteur Haneke...

Corentin et Brichot le suivirent le long de couloirs clairs, dont les hautes fenêtres donnaient sur le vieil Amsterdam, avec ses canaux, ses péniches colorées et ses quais bordés de maisons étroites, surmontées de pignons et de toits pointus.

Un paysage superbe, chargé de culture et d'histoire, où il aurait fait bon flâner une journée ou deux.

Ce qui, malheureusement, était hors de question pour l'instant.

Les quatre hommes s'arrêtèrent devant une porte en bois clair, vitrée dans sa partie supérieure.

— Je préviens vous, dit l'inspecteur Haneke : elle refuse parler depuis deux jours. Bonne chance.

— Merci, fit Boris en poussant la porte, suivi de Brichot et de l'interprète.

La pièce de détention provisoire, meublée comme une chambre, était beaucoup plus agréable qu'une simple cellule. Elle comportait deux chaises en bois, une étagère avec quelques livres et magazines, ainsi qu'un coin lavabo-douche protégé par un paravent. Sous la fenêtre sans barreaux se trouvait un vrai lit avec un sommier, un matelas épais et des couvertures.

Enveloppée dans un édredon, la fille était assise en tailleur sur le lit, dos appuyé au mur. Elle regarda entrer les trois hommes avec, au fond de ses yeux noirs, une lueur de panique.

Boris lui adressa un sourire radieux, s'approcha

d'elle et, attrapant une chaise, s'y installa à califourchon, bras croisés sur le dossier.

— Bonjour, dit-il, je m'appelle Boris.

L'interprète, assis un peu en retrait sur l'autre chaise, traduisit. Aimé Brichot resta debout, un peu en retrait, lui aussi, regardant la fille avec un sourire qui se voulait aussi amical et rassurant que possible.

Elle était superbe. Son abondante chevelure noire, en bataille, lui donnait des airs d'animal sauvage. Elle avait des pommettes saillantes, une bouche large et un nez aquilin lui composant une allure farouche que rehaussait sa peau sombre.

Ses épaules dépassaient de l'édredon, ainsi que ses jambes. Elle tenait maladroitement le couvre-lit contre son corps et on distinguait très nettement la naissance d'une poitrine généreuse et ferme.

Avec des picotements dans la moëlle épinière, Boris réalisa soudain qu'elle était nue sous son édredon.

— Comment t'appelles-tu ? fit-il d'une voix aussi douce que possible, en se demandant au passage ce que le tutoiement pouvait donner en kurde.

L'interprète traduisit. Il avait une voix douce de conteur oriental, ce qui était un élément positif dans ce contexte délicat.

La fille ne répondit pas et continua de fixer Boris de ses grands yeux sombres. Dans lesquels Corentin eut quand même l'impression que la peur se calmait un peu.

— Nous ne te voulons aucun mal, dit-il, et nous n'allons pas te renvoyer dans ton pays. Tu n'as pas à avoir peur.

Le sosie de Saddam Hussein traduisit. Boris se demanda brièvement si, malgré sa voix rassurante, la ressemblance de l'interprète avec le dictateur irakien ne risquait pas d'effrayer la fille.

Mais elle ne le regardait même pas. Toujours murée dans son silence, elle fixait Boris avec une sorte d'obstination.

Ce dernier qui, voyant qu'il n'arrivait nulle part, décida de tenter le tout pour le tout et de prendre le taureau par les cornes.

Ou plutôt, la fille par les sentiments.

C'était risqué, mais après tout, ça ne pouvait pas donner de plus mauvais résultats que la méthode actuelle.

— Surtout, continuez bien à traduire mes paroles, glissa-t-il à l'interprète.

Puis il abandonna sa chaise et alla s'asseoir sur le lit à côté de la fille.

Tout contre elle.

Lui passant avec délicatesse un bras autour des épaules, il l'attira doucement contre lui. Sans brutalité, il lui inclina la tête jusqu'à ce qu'elle vienne s'appuyer contre son épaule.

— Là... lui murmura-t-il à l'oreille. Ça va mieux ?... Tu es très belle, tu sais. Les hommes qui t'ont maltraitée, je suis là pour les punir. Je te protégerai et je te cacherai. Ils ne sauront jamais que tu m'as parlé. Mais il faut absolument que tu m'aides, sinon ils vont continuer à faire la même chose à d'autres filles comme toi... À beaucoup d'autres filles...

Très doucement, tout en parlant, il lui caressait

les cheveux du bout des doigts. Les cheveux et le front…

Soudain, ce fut comme si quelque chose se rompait sous la carapace de la jeune immigrée. Son masque farouche se brisa et elle éclata en sanglots convulsifs, le visage enfoui dans l'épaule de Boris.

Puis, d'un seul coup, elle se mit à parler. D'une voix hachée, d'abord, brisée par les larmes, puis avec un peu plus d'assurance.

— Je m'appelle Charbat… Charbat Goula… Je viens d'Erbil, au Kurdistan, dit-elle, relayée par le traducteur. Je me suis enfuie dans les montagnes… jusqu'en Turquie. Je suis arrivée à Ankara. Là, j'ai rencontré un homme qui m'a proposé de me faire passer en Europe. Il a exigé dix mille dollars… toutes les économies de ma famille… Mais il m'a dit qu'il me ferait prendre l'avion. Que je voyagerais confortablement. C'était un petit avion. Pas un avion… normal. Mais juste avant le départ, on m'a dit que je devrais faire l'hôtesse et être… très gentille avec les hommes qui se trouveraient à bord… tous les hommes à bord. D'abord, j'ai refusé, mais on m'a dit que si je n'obéissais pas, on se vengerait sur ma famille, à Erbil.

— Comment s'appelait l'homme d'Ankara ? demanda Boris.

— Ilouz.

— Tu pourrais le reconnaître ?

La fille eut un haussement d'épaules :

— Oui. Mais ça ne servirait à rien. Il est resté à Ankara et je ne l'ai jamais revu. Avant de partir, il m'a promis qu'à l'arrivée, si je m'étais bien conduite, on me donnerait un passeport avec un autre nom. Un passeport qui me permettrait de vivre et de trouver du travail dans ce pays…

— Je vois, fit Boris.

Qui devinait déjà la suite.

— Pendant le vol, continua Charbat, j'ai dû avoir des rapports sexuels avec presque tous les passagers. Parfois plusieurs en même temps. C'étaient des Européens… des hommes d'affaires…

Et à l'arrivée, qu'est-ce qui s'est passé ? demanda Corentin.

La jeune Kurde se remit à sangloter à cette évocation.

— À l'arrivée, dit-elle, d'autres hommes m'attendaient. Des Européens, eux aussi. Ils ne m'ont pas donné de passeport, et ils m'ont conduite dans cette maison de prostitution. Cet… « eros-center », comme ils appellent ça ici. On m'a encore menacée de se venger sur ma famille, restée au pays, si je refusais de… « travailler », comme les autres filles… Ça a duré quelques semaines. C'était très dur… Horrible… Alors, une nuit, je me suis enfuie. J'ai couru dans la ville, jusqu'à ce que je trouve un poste de police, et je me suis réfugiée là… Voilà… c'est tout.

Machinalement, Boris l'embrassa sur le front et s'écarta doucement.

La fille se remit à crier dans sa langue, relayée par « Saddam Hussein ».

— Vous allez m'abandonner, maintenant que je vous ai parlé ?

— Non, fit Boris en la regardant dans les yeux.

Je vais demander aux autorités de ce pays de t'accorder l'asile politique et de te faire obtenir des papiers officiels. Tu vas pouvoir commencer une nouvelle vie. Tu vas voir, c'est très beau, la Hollande. Tu seras heureuse. Petit à petit, tu oublieras ton cauchemar…

— Mais ils vont me retrouver !… Ilouz, et tous les autres !… Tous ceux de l'organisation ! Ils vont me retrouver et ils me tueront !

Boris s'agenouilla devant elle, sur le lit, et la prit dans ses bras.

— Je te jure que non, dit-il d'une voix où perçait une colère noire. Parce que quand j'en aurai fini avec eux, ces salauds ne seront plus en état de faire du mal à qui que ce soit.

## Chapitre XIII

Aimé Brichot se pencha au-dessus de la table, les narines frissonnantes.

— Eh ben dites-donc, si je m'avisais de réclamer à Jeannette un repas pareil, elle serait capable de demander le divorce ! Il y a combien de plats, déjà ?

— Seize ! répondit l'inspecteur Gustav Haneke avec un sourire amusé. Mais comme vous constatez pouvez, chacun est petit.

— Heureusement ! rigola Boris. En tout cas, c'est une très bonne idée, ce dîner indien. Ça nous change un peu. Pas vrai, Mémé !

— En effet, fit Brichot en s'emparant d'un bol contenant un mélange de boulettes de viandes et de poivrons rouges, le tout baignant dans une sauce rouge également. J'ai déjà mangé indien, mais c'était il y a tellement longtemps que je ne me rappelle même plus quand.

— Vous allez voir, fit Gustav Haneke en attrapant un bol rempli de riz basmati, ce très bon. Ce un des meilleurs restaurants indiens Amsterdam. Je venir souvent.

Boris attaqua à son tour un mini-curry d'agneau et sa sauce qui vous emportait la bouche.

— En tout cas, fit-il, c'est gentil à vous de nous avoir invités, Gustav. Je dirais même que c'est très sportif de votre part.

— Ce bien naturel, sourit le Hollandais. Nous très heureux vous obtenir enfin des résultats avec la fille.

— J'étais sûr qu'il y arriverait, fit Aimé Brichot, mi-figue, mi-raisin. Les femmes, c'est la spécialité du commandant Corentin. Son terrain de prédilection. Il a le don de... toucher leur corde sensible.

Le Hollandais éclata de rire :

— Tant mieux ! Je pas jaloux, de toute façon. Et puis, après tout, c'est victoire de la police dans son ensemble, n'est-ce pas ?

— Absolument, fit Corentin en regardant machinalement les deux filles aux jeans et tee-shirts moulants qui venaient de prendre place à une table voisine. Voilà l'esprit dans lequel nous devons travailler : un véritable esprit d'équipe. Le jour où toutes les polices le comprendront et l'appliqueront, notre efficacité collective sera multipliée par dix.

Les trois hommes mangèrent silencieusement pendant une minute ou deux, puis Boris leva le nez de son assiette et fixa l'inspecteur Haneke.

— Mon cher Gustav, dit-il, je vous annonce que notre collaboration sur cette affaire n'en est qu'à ses débuts.

Haneke eut un sourire entendu :

— Je doutais moi un peu. Après ce que vous dit

la fille, je l'impression que nous être face à tout un réseau immigration clandestine nouveau genre.

Corentin hocha la tête :

— Absolument. Et je peux même vous dire, avec une quasi-certitude, qui est à la tête de ce réseau.

Entre le baramati et le curry aux épices, Boris fit à son collègue hollandais un récit détaillé de l'« affaire Marchal-Vandel », sans oublier le moindre détail. Et sans oublier surtout le rôle de Hans Gechrit et des avions de sa compagnie Septième Ciel… la bien nommée.

— Bien sûr, conclut-il, il y a d'autres compagnies aériennes privées que Septième Ciel. Mais combien y en a-t-il dont les hôtesses — et les stewards — paient de leur personne auprès des passagers au point de transformer n'importe quel vol en partouze aérienne ?

— À moi connaissance, aucune, admit Haneke.

— On peut donc en conclure pratiquement sans risque d'erreur, enchaîna Corentin, que c'est bien à bord d'un des avions de Hans Gechrit que la malheureuse Charbat Goula a été… importée de Turquie jusqu'à Amsterdam.

— Pour y être vendue à un eros-center, poursuivit Brichot, dont la moustache blonde s'ornait de traces de sauce au poivron rouge. Je dis « vendue », parce que je n'imagine pas un instant que Gechrit ait tout simplement fait cadeau de cette nouvelle « pensionnaire » aux proxénètes locaux.

Depuis un moment, Boris échangeait des regards appuyés et des sourires complices avec les deux filles de la table située dans le dos d'Aimé. Comme deux collégiennes en goguette, elles se parlaient à l'oreille avec de petits gloussements, tout en lui adressant des œillades qui, elles, n'avaient rien d'enfantin.

Boris, que les impératifs de l'enquête avaient empêché de profiter du sérieux « ticket » qu'il avait avec Jenny, l'hôtesse à la fabuleuse poitrine de l'avion d'Interpol, se sentait un peu en manque, côté sexe. Du coup, il regrettait de ne pas avoir emmené Alexandra Josselin à Amsterdam, alors qu'elle le lui avait pourtant demandé avec insistance.

Mais il se consolait déjà en pensant que, si les choses se déroulaient comme il l'espérait — et le prévoyait —, ses deux ravissantes voisines de table allaient lui permettre de calmer le manque qui commençait à lui tenailler le bas-ventre.

Surtout que, visiblement, elles ne demandaient que ça. Il n'y avait qu'à voir la manière lubrique dont elles se tortillaient sur leur chaise en le regardant pour comprendre qu'elles étaient plus « chaudes » que des chattes en chaleur.

Boris leur adressa un clin d'œil complice — et chargé de promessses. Clin d'œil que remarqua au passage l'inspecteur Haneke.

— Vous savez cuisine indienne a réputation être très aphrodisiaque ? fit-il avec un sourire en coin.

— Il paraît, oui, dit Boris. Mais vous savez, cher collègue, personnellement, je n'ai jamais eu besoin de ça.

Les trois hommes éclatèrent de rire, avant de

revenir à des affaires plus sérieuses. Ce fut Aimé Brichot qui remit le débat sur des rails professionnels.

— Je me demande, dit-il, si on ne tire pas des conclusions un peu trop hâtives en parlant de « réseau d'immigration clandestine ».

— Qu'est-ce que tu veux dire, Mémé ? demanda Boris.

— Tout simplement que le cas de cette pauvre jeune Irakienne, ou Kurde, pour être exact, est peut-être un cas isolé.

Corentin eut une moue un peu sceptique :

— C'est toujours possible, en effet. Mais franchement, on se demande pourquoi Hans Gechrit, si c'est réellement lui qui est derrière tout ça, se contenterait de ce coup isolé. Surtout que l'« affaire » en question a dû se révéler extrêmement lucrative, si on additionne les dix mille dollars qu'il a extorqués à la fille et la somme que lui a versée le patron de l'eros-center…

Il se tourna vers son collègue hollandais :

— À ce propos, Gustav, je suggère que vous interrogiez le bonhomme en question pour savoir combien exactement il a touché. J'imagine qu'il commencera par nier avoir reçu quoi que ce soit, par peur de tomber sous le coup d'une mise en examen pour trafic d'êtres humains. Mais en le cuisinant un peu, je suis sûr que vous arriverez à lui tirer les vers du nez.

Gustav Haneke hocha la tête avec une expression déterminée

— Comptez sur moi, Boris : je m'occupe demain matin, première heure.

— Merci. Malheureusement, je vais devoir vous en demander un peu plus.

— Je vous écoute. Je et mes services à disposition entière de vous.

— Je n'en attendais pas moins de vous, fit Corentin. Merci encore. Voilà, en gros, mon plan de bataille…

Haneke et Brichot s'arrêtèrent de manger et, dans le même réflexe, se penchèrent au-dessus de la table, vers Boris. On aurait dit trois conspirateurs en train de préparer un mauvais coup.

— Bien… attaqua Corentin. Comme je vous l'ai dit, je suis pratiquement sûr, à présent, que Hans Gechrit ne se contente pas de fournir du personnel de bord peu farouche à ses clients fortunés, mais qu'il étoffe confortablement ses revenus, déjà considérables, avec ce qu'il faut bien appeler un trafic d'esclaves sexuels. C'est d'ailleurs la conclusion à laquelle vous êtes vous-même parvenu, mon cher Gustav. L'ennui, c'est que nos convictions personnelles ne suffisent pas. Hans Gechrit est un chef d'entreprise d'une « surface » considérable. C'est-à-dire qu'en plus de sa fortune colossale, il a certainement dans sa manche des appuis politiques internationaux qui le rendent quasiment intouchable. Ce qui signifie que pour avoir la moindre chance de le « faire tomber », comme nous disons en français, il nous faut un dossier et des preuves en béton. Un dossier tellement accablant et des preuves tellement irréfutables que même les politiciens les plus haut placés sur l'échelle du pouvoir auront peur de se compromettre eux-mêmes en l'aidant et le laisseront tomber comme une patate brûlante...

Gustav Haneke et Aimé Brichot se regardèrent avec des mines qui signifiaient : « On est d'accord... mais encore ? » Ce que traduisit l'homme des services d'immigration hollandais :

— Ce très bien. Mais ce dossier et ces preuves, elles consister en quoi ?

— En ceci, fit Corentin : vous allez mettre tout votre service sur le coup, Gustav, et leur demander de s'assurer la collaboration de leurs homologues... Allemands, Belges, Suisses, Anglais, Espagnols... tout ce qui sera nécessaire. Il faut d'abord me trouver la liste de tous les pays, en dehors de la zone européenne, où s'est posé un avion de Septième Ciel au cours des six derniers mois. Ensuite, vous ferez vérifier les identités des filles dans tous les eros-center des Pays-Bas et interroger celles qui se trouvent en situation irrégulière. Quelque chose me dit que vous en trouverez beaucoup. Il s'agira de savoir de quel pays elles viennent, et par quel moyen elles sont arrivées ici. En clair, si elles n'auraient pas le même « parcours » que notre jeune Kurde. Et je vous demanderai de faire effectuer la même enquête par tous vos homologues européens. En tout cas, tous ceux dont les pays tolèrent ces maisons closes qu'on appelle des eros-centers. Pour finir, j'ai besoin de connaître le planning de Hans Gechrit pour les deux ou trois prochains jours.

Il réfléchit une seconde ou deux et ajouta avec un demi-sourire :

— Dites aux Allemands d'envoyer leur élément masculin le plus… séduisant interroger sa secrétaire. À mon avis, c'est une mission qu'il ne regrettera pas.

Gustav Haneke prenait fébrilement des notes sur un petit carnet. Quand Boris eut fini de parler, le Hollandais leva vers lui un regard accablé.

— Ce sera tout ? demanda-t-il avec une ironie un peu amère.

Corentin lui posa familièrement une main sur l'avant-bras :

— Je sais, Gustav, c'est un gros boulot que je vous demande.

— Je crois qu'on peut dire ça, oui, glissa insidieusement Brichot.

— Mais si ça donne les résultats que je crois, poursuivit Boris en ignorant la remarque, on l'aura, notre dossier contre Gechrit. Un dossier tellement écrasant que toutes les relations politiques du monde ne pourront rien pour le protéger.

Gustav Haneke rangea son carnet.

— Et naturellement, plaisanta-t-il, vous voulez tout ça pour dans une heure ?…

— N'exagérons rien, fit Boris.

Qui ne pouvait pas s'empêcher de penser à Yvon Vandel, qu'il ne portait pourtant pas dans son cœur. Et au délai que son mystérieux maître-chanteur lui avait donné pour faire transférer la majorité des actions de son groupe entre ses mains.

Un délai de quarante-huit heures.

Qui expirait le lendemain soir.

— Mais… ajouta-t-il, il va falloir que vous et vos collègues mettiez le turbo. Il faut que toute cette enquête soit bouclée pour demain soir. Autrement dit, vous avez un peu moins de vingt-quatre heures devant vous.

L'inspecteur Haneke, qui avait conservé jusque-là un flegme quasi britannique, fit un bond sur sa chaise :

— Quoi ? éructa-t-il, si fort que quelques têtes se tournèrent.

Boris le fixa d'un regard farouche :

— Je sais que c'est très court, Gustav. Mais croyez-moi : si tous les services internationaux mettent le maximum d'effectifs sur le coup, et si tout le monde met le paquet, on peut y arriver. Même si on n'a pas le temps de faire le tour de TOUS les eros-center d'Europe, je crois que ça devrait suffire pour collectionner un nombre suffisant de témoignages accablants…

L'humeur joyeuse de l'inspecteur Haneke n'était plus qu'un souvenir.

— Et vous deux, demanda-t-il d'un ton déjà moins chaleureux, vous faisez quoi, en attendant ? Visiter Amsterdam ?

— Aimé et moi, répliqua Boris, nous allons réfléchir à une tactique pour piéger Gechrit, une fois que tous ces éléments seront en notre possession. Et cette tactique aura intérêt à être imparable. Coyez-moi, vingt-quatre heures ne seront pas de trop pour la mettre au point.

L'inspecteur Gustav Haneke, grand seigneur,

paya l'addition et ils quittèrent le restaurant indien qui se trouvait sur Spuistraat, entre la Gare Centrale et Waterlooplein. Et non loin de l'hôtel où il avait réservé deux chambres pour Boris et Aimé, le Vijaya, situé à quelques rues de là, sur Oudezijds Voorgburgval. C'est-à-dire en plein « Red Light Area », ou *Quartier des Lanternes Rouges*, le fameux quartier chaud d'Amsterdam, mondialement célèbre pour ses « vitrines » derrière lesquelles des dames de petite vertu attendaient le bon vouloir du chaland en goguette.

Haneke quitta les deux Français devant le restaurant en leur promettant de se mettre au travail la nuit même.

Boris, lui, était en proie à une amère déception.

Les deux filles du restaurant avaient quitté leur table dix minutes avant eux.

Mais au moment de tourner le coin de la rue, Boris eut l'impression que son cœur sautait un battement dans sa poitrine.

Emmitouflées dans leurs parkas, les deux filles du restaurant étaient là.

L'attendant visiblement.

C'est tout juste si elles ne lui sautèrent pas au cou en le voyant arriver.

— Hello, fit en anglais la première, une petite rousse, je m'appelle Jessica.

— Moi, c'est Karin, fit sa copine blonde dans la même langue. On vient de Birmingham, en Angleterre. On t'a remarqué au restaurant.

— Moi aussi, avoua Boris, qui ne cherchait pas à cacher sa satisfaction.

— Autant te le dire carrément, reprit Jessica : tu nous plais vachement et on s'est dit qu'on pourrait passer un moment sympa ensemble, tous les trois.

— Oui, renchérit Karin : on a laissé nos *boy-friends* à la maison et pour tout te dire, on est en manque de sexe. On a très envie de se faire un beau mec : toi, en l'occurrence.

Boris les détailla l'une après l'autre : leurs « doudounes » molletonnées ne mettaient pas vraiment leurs formes en évidence, mais d'après ce qu'il avait pu voir au restaurant, il n'y avait rien à jeter.

Il leur adressa à chacune un sourire carnassier :

— Ça, pour une coïncidence, dit-il... J'ai l'impression qu'on a les mêmes projets !

Les deux filles jetèrent un regard amical, mais moins enthousiaste, à Aimé Brichot. Visiblement, avec son crâne à moitié chauve et sa petite moustache, il n'était pas vraiment l'incarnation de leurs fantasmes.

Comprenant la situation, Boris se tourna vers lui :

— Tu ne m'en voudras pas vieux frère, mais ces demoiselles et moi...

— Vous avez décidé de vous offrir une petite partie à trois, j'ai compris, grommela Aimé. Ne t'en fais pas pour moi : je vous suis jusqu'à l'hôtel et je file me coucher. Je suis vanné.

Les deux Anglaises s'accrochèrent avec des gloussements aux bras de Boris. Qui, quelques pas plus loin, entendit Aimé soupirer sous sa moustache :

— Enfin… heureusement quand même qu'on a deux chambres…

Celles de l'hôtel Vijaya étaient fonctionnelles et pas vraiment luxueuses, mais confortables.

Boris avait à peine refermé la porte de la sienne que Jessica et Karin, avec un bel ensemble, firent voler leurs parkas, leurs jeans et leurs tee-shirts… ainsi que leurs soutiens-gorge et leurs petites culottes.

Ce qui permit à Boris de constater que Jessica était vraiment rousse, et Karin, vraiment blonde.

Et qu'effectivement, il n'y avait rien à jeter, ni chez l'une, ni chez l'autre.

— Ce n'est pas ton anniversaire, par hasard ? demanda Jessica dans un éclat de rire.

— Non, fit candidement Boris.

— Eh bien, ça ne fait rien, reprit Karin, on va te le souhaiter quand-même !

Et sans attendre une seconde de plus, elles se jetèrent sur lui.

***

Le lendemain, en fin de journée, Boris et Aimé retrouvèrent l'instecteur Gustav Haneke à son bureau des services de l'immigration. Leur collègue avait sous les yeux des cernes violets trahissant le manque de sommeil.

Boris n'osa pas lui dire qu'Aimé et lui, après le départ des deux filles — départ tardif, vu qu'ils avaient « remis le couvert » dans la matinée —, s'étaient offert une petite balade le long des canaux.

Balade constructive, d'ailleurs, puisqu'ils en avaient profité pour mettre au point un plan d'attaque pour coincer Hans Gechrit.

Mais il fallait d'abord que la « pêche » de Gustav Haneke et de ses collègues européens ait été productive.

Ce que leur avait confirmé Haneke au téléphone, une heure plus tôt.

Visiblement épuisé, mais ravi, le Hollandais frappa fièrement la pile de fax et d'e-mails qui trônait devant lui, sur son bureau.

— Bravo, Boris, fit-il d'entrée de jeu : votre intuition être bonne ! Excellente, même !

— J'en suis ravi, fit modestement Corentin, mais c'est vous et vos collègues qu'il faut féliciter.

— C'est vrai, admit Haneke : ils faire tous un travail formidable. Et rapide. Il faut dire ce problème immigration clandestine nous préoccupe tous vraiment beaucoup. Et quand il y a une piste pour décortiquer... pardon, démanteler un réseau, tout le monde fonce dessus. Bref, je fais vous un résumé de l'enquête collective. Voilà : depuis quelques années, en utilisant ses avions de Septième Ciel, « notre » Hans Gechrit... « importe » vers Angleterre, Italie, Allemagne, Hollande, Espagne, etc. des centaines de garçons et de filles — surtout des filles — provenance Bulgarie, Ouzbékistan, Kurdistan, Biélorussie, etc. Dizaines de filles dans eros-center différents pays avoué à nos collègues être arrivées par ce moyen. Toujours même processus : on fait payer à elles dix mille dollars en promettant les faire passer en Europe et donner papiers, à condition d'abord faire sexe en vol avec les passagers. C'est pourquoi filles et garçons toujours choisis jeunes et belles… ou beaux.

— Je vois, fit Aimé en triturant sa moustache. Et comme il n'y a pas de contrôles d'identités en montant dans tous ces vols privés, c'est du gâteau !

— Comme vous dire, renchérit Haneke. Il paraît même certains clandestins déguisés en passagers, avec costumes et attachés-cases !

— Et qui soupçonnerait de malheureux émigrés de voyager de cette manière ?…

Boris eut un hochement de tête accablé.

— Et une fois arrivés, dit-il, au lieu de les relâcher dans la nature avec les faux passeports promis, on les embarque de force et on les vend comme du bétail à tous les eros-centers d'Europe !

— En menaçant elles — et eux — représailles sur leurs familles si sont pas dociles et obéissants, acheva Haneke.

Corentin sortit une Gitane blonde de son paquet et prit le temps de l'allumer avant de remarquer :

— Je comprends maintenant pourquoi Axel Runge, le pilote licencié par Gechrit, nous a dit qu'il ne connaissait aucune de ces filles, et qu'il n'en revoyait jamais aucune.

— Effectivement, reprit Haneke : les avions repartent à vide vers les pays où ils vont… « refaire le plein » de chair fraîche : Ouzbékistan, Biélorussie, etc.

Il y eut un silence, pendant lequel Aimé Brichot remonta du bout de l'index ses lunettes qui glissaient sur l'arête de son nez légèrement busqué.

— Et grâce à ce petit trafic qu'il dissimule sous la façade « avouable » de sa compagnie, dit-il, Hans Gechrit touche sur trois tableaux : il fait payer le prix fort à ses clients « réguliers », il fait payer le prix fort aux malheureux qui rêvent d'une nouvelle vie en Europe, et il fait payer le prix fort une troisième fois aux proxénètes à qui il les revend comme des esclaves…

Le nouveau silence qui suivit fut particulièrement pesant. Boris avait à l'esprit le visage magnifique et apeuré de Charbat, la jeune et superbe Kurde qu'il avait rencontrée la veille.

— Je vais vous dire une chose, messieurs, lâcha-t-il enfin entre ses dents : j'ai rencontré pas mal de salauds de tous les calibres, depuis que je fais ce métier, mais des ordures comme ce Hans Gechrit… rarement !

— À ce propos, demanda Gustav Haneke, vous avoir pu élaborer un plan pour… « faire tomber lui », comme vous dites ?

Corentin eut un sourire mystérieux :

— Oui, dit-il. Mais ça repose entièrement sur son emploi du temps des prochains jours. Et de la journée de demain, en particulier. Vous avez pu vous renseigner à ce propos ?

— Oui, répliqua Haneke. D'ailleurs, mon collègue allemand chargé moi de remercier vous pour sa… « mission » auprès secrétaire de Gechrit. Il dit passé un moment… inoubliable. Vous pouvez expliquer à moi ?

Boris et Aimé éclatèrent de rire.

— Avec plaisir, fit Corentin. Mais plus tard, si

vous le permettez. Pour l'instant, j'ai besoin de savoir ce que Gechrit fait demain.

Haneke souleva une feuille de fax :

— Demain, dit-il, il prend un de ses avions à Francfort, direction Madrid.

— Un avion sans doute chargé de la « cargaison » habituelle, fit Boris, songeur.

— Une « cargaison », reprit Aimé, qu'il aura peut-être décidé d'escorter lui-même à l'occasion d'un déplacement en Espagne… histoire de faire d'une pierre deux coups.

Corentin écrasa d'un geste vif sa cigarette dans le cendrier qui trônait sur le bureau de Haneke.

— Eh bien je vais vous dire une bonne chose, fit-il rageusement : il ne va pas être déçu du voyage !…

## Chapitre XIV

Le Falcon 900 avait l'air d'un gros jouet, posé sur le tarmac brillant de pluie de l'un des satellites les plus excentrés de l'aéroport international de Francfort. L'appareil était encore immobile, mais ses trois réacteurs émettaient un sifflement assourdissant, caractéristique des avions dont les turbines tournent déjà en vue d'un prochain décollage.

À travers la baie vitrée du petit salon d'attente ordinairement réservé aux « VIP [1] » s'apprêtant à embarquer, Boris Corentin examina l'appareil en songeant que c'était à bord de ce même avion que tout avait commencé.

Par une ironie du destin, dans laquelle il n'était pour rien, c'était en effet dans ce même avion que « Amanda » le transsexuel avait administré sa « fellation mortelle » à Serge Marchal… juste avant de mourir d'une crise cardiaque et d'être « évacué » par la portière, au-dessus de la Manche…

1. Very important person, en anglais. Ces trois lettres sont depuis longtemps passées, en français, dans le langage courant, pour désigner n'importe quelle personnalité. Ou supposée telle.

Un hasard dans lequel Hans Gechrit, qui s'apprêtait à embarquer dans ce même avion, direction Madrid, n'était sûrement pour rien, lui non plus.

Et pourtant, si tout se déroulait comme Boris l'avait prévu, c'était à bord de ce Falcon — qui, décidément, ne portait pas chance à Gechrit — que le président de Septième Ciel allait effectuer son dernier vol… avant très longtemps.

L'appareil, après avoir subi une remise en état complète dans les ateliers de London City Airport, avait repris du service sur les lignes de Septième Ciel. (« On a dû remplacer l'extincteur et réparer les joints de la porte », pensa Boris.) Pas plus tard que ce matin, d'après les rapports de la Surveillance Aérienne Internationale, le Falcon avait décollé de Bucarest, en Roumanie, avec un chargement « frais » de candidats des deux sexes à l'immigration clandestine.

Lesquels se trouvaient en ce moment même dans un petit salon voisin, en train de revêtir leurs « uniformes » de stewards et d'hôtesses « de charme »…

Ça n'avait été qu'un jeu d'enfant pour Corentin de subtiliser dans le vestiaire voisin une tenue complète d'hôtesse de Septième Ciel : petite robe noire ultra-moulante et ultra-courte, porte-jarretelles, bas et talons aiguilles.

Il se retourna et constata avec satisfaction qu'il avait eu le compas dans l'œil : la tenue en question allait comme un gant — un gant de soie très ajusté — aux formes voluptueuses du lieutenant de police Alexandra Josselin.

Celle-ci surprit le regard égrillard de Boris l'examinant sous toutes les coutures, et eut un sourire aguicheur.

— J'ai l'impression que tu ne regrettes pas de m'avoir fait venir, après tout, dit-elle de sa voix lourde de sensualité.

— J'avoue que non, admit Corentin. Évidemment, le pilote d'Interpol a un peu râlé de devoir faire Amsterdam-Francfort en faisant un crochet par Paris, uniquement pour déposer Brichot au Bourget et te prendre au passage... Mais j'avais besoin d'une complice féminine à bord de l'avion de Hans Gechrit. Et avec la meilleure volonté du monde, Aimé ne pouvait pas faire l'affaire.

Alexandra eut un petit rire de gorge :

— Le fait est que je ne l'imagine pas vraiment dans cette tenue.

Boris s'approcha d'elle et lui posa un baiser furtif sur les lèvres... tout en laissant traîner ses mains aux endroits où la soie de la robe formait les protubérances les plus charnues.

— À propos... fit-il. Comme convenu, je compte sur toi pour te faire passer pour une des hôtesses et surveiller tout ce qui se passera à bord — Gechrit en particulier — puisque je devrai rester invisible et que je ne pourrai pas le faire moi-même. Mais j'espère tout de même que tu ne prendras pas ton rôle trop à cœur... si tu vois ce que je veux dire.

La jeune femme laissa échapper un nouveau rire :

— Autrement dit, tu veux que je sois crédible tout en te restant fidèle, c'est ça ?

— Dans la mesure du possible, en tout cas.

Elle le regarda en biais :

— Tu ne serais pas jaloux, par hasard ?... Ça serait trop beau !

Boris lui sourit... en évitant soigneusement de répondre à sa question.

— Bien, fit-il en regardant sa montre, il est l'heure d'y aller. Mêle-toi aux autres filles. Tu ne risques rien : elles ne se connaissent même pas entre elles, personne ne te posera de question. Moi, je vais accompagner le pilote jusqu'à l'avion. Il a déjà été averti de ma présence par les collègues allemands, mais il est préférable qu'on fasse un peu connaissance...

Le « vrai » pilote, un Allemand du nom de Gerhart Blixen, et son faux co-pilote, Boris Corentin, étaient vêtus comme la plupart des pilotes des compagnies privées : pantalon de ville sombre, chemise blanche et cravate noire. Sans oublier les indispensables lunettes de soleil. Les uniformes à casquette étaient réservés aux compagnies nationales.

Les deux hommes se serrèrent la main.

— *Alles ist gut*[1] *?* demanda Boris.

— *Ja*, répondit l'autre, soigneusement « briefé », quelques heures plus tôt, par l'inspecteur Gustav Haneke.

À son regard clair et direct, Boris sut qu'il n'aurait pas de problème avec lui, si la situation devenait... délicate. Et il avait besoin d'en être sûr.

1. Tout va bien ?

Après tout, demain, Gerhart Blixen et les autres pilotes de Septième Ciel risquaient fort de se retrouver au chômage à cause de lui…

D'un geste discret, Boris lui désigna Alexandra en lui soufflant à l'oreille :

— Elle est avec moi.

— Elle est flic, elle aussi ? demanda le pilote.

— Oui, répondit Corentin sans plus de précisions.

Il voulait juste que Blixen sache qui Alexandra était réellement. Au cas où les choses tourneraient mal.

Tout le monde était monté à bord du Falcon depuis cinq minutes à peine quand une interminable limousine noire surgit de derrière les hangars et glissa sur le tarmac, en direction de l'avion. Elle s'arrêta silencieusement au pied du petit escalier incorporé dans la portière basculante.

En collant le visage à la vitre latérale du cockpit, Boris vit sortir de la voiture Hans Gechrit et sa secrétaire particulière, Carmina, la black sculpturale qui s'était si impudiquement exhibée devant lui et Aimé, l'autre jour.

Personne d'autre.

Soudain, une sourde angoisse l'envahit.

— Est-ce que *Herr* Gechrit a l'habitude de venir dans le cockpit ? demanda-t-il en anglais au pilote.

— D'après mon expérience personnelle, jamais, répondit celui-ci dans la même langue. Si ça lui arrivait, ce serait une première.

Silencieusement, Boris pria pour que cette « première » n'ait pas lieu aujourd'hui. Si Hans Gechrit le voyait, il le reconnaîtrait forcément et tout serait foutu. Il ne fallait surtout pas que ça se produise... En tout cas, pas avant que le Falcon ne survole le territoire français.

Après... ce serait une autre histoire.

Le pilote fit dans le micro son petit discours de bienvenue à bord à l'intention de son président, donna quelques indications sur le vol, et mit les gaz.

Le Falcon s'élança en rugissant de toute la puissance de ses trois réacteurs, et s'arracha du sol, nez en l'air, avant d'avoir atteint le bout de la piste.

***

Hans Gechrit et Carmina, sa secrétaire particulière, dont les vastes fauteuils de cuir étaient séparés par le couloir, appuyèrent au même moment sur le bouton d'appel incorporé dans l'accoudoir de leur siège.

Deux des six filles qui se trouvaient à bord se précipitèrent vers les deux passagers. Une blonde et une brune. La blonde, une créature longiligne à la silhouette de mannequin, s'approcha de Hans Gechrit avec un sourire un peu forcé. Qu'il ne lui rendit pas.

— Apportez-moi un whisky, sans eau, avec de la glace, ordonna-t-il en la regardant à peine.

La fille s'éloigna.

L'hôtesse brune n'était autre qu'Alexandra.

Elle s'avança vers Carmina avec un sourire très professionnel :

— *Yes, Madam ?* fit-elle en se fabriquant un accent indéfinissable.

Loin de faire preuve à son égard de la même indifférence que son patron vis-à-vis de l'autre fille, la black adressa à Alexandra un sourire de tigresse, dévoilant une dentition étincelante.

— C'est quoi, ton prénom ? lui demanda-t-elle en anglais.

Alexandra fit mine d'avoir du mal à comprendre, hésita et répondit au hasard :

— Marianna.

Carmina se pencha en avant et se mit à lui caresser la cuisse. Sa main, sans aucune gêne, remonta très haut et ses doigts se perdirent dans la toison luxuriante qui dévorait le bas du ventre de la jeune femme.

Qui voyait venir le moment où ça allait devenir très difficile de « rester fidèle », selon ses propres termes, à Boris.

Surtout qu'une lueur caractéristique venait de s'allumer dans les yeux verts de Carmina.

Une lueur de désir.

— Tu sais ce que tu vas faire, Marianna ? reprit la Noire, tu vas aller me chercher une vodka bien frappée. Et ensuite, tu resteras un peu pour t'occuper de moi.

Elle souleva une jambe et la plaça sur l'accoudoir de son fauteuil, ce qui eut pour effet de relever jusqu'à la taille la jupe très courte qu'elle portait.

Et permit par la même occasion à Alexandra de constater qu'elle ne portait rien en dessous.

Pas même une pilosité naturelle, la sienne ayant été impeccablement rasée…

— Tu vas me goûter ça, fit Carmina avec un rire de gorge. Tu m'en diras des nouvelles. Allez, dépêche-toi !

Sans demander son reste, Alexandra fonça vers le coin bar-cuisine qui se trouvait juste derière le cockpit. Elle mourait d'envie d'aller avertir Boris des avances que venait de lui faire sa passagère, histoire de lui demander quelle attitude adopter.

Mais la porte du poste de pilotage se trouvait dans l'angle de vision de la Noire.

Trop dangereux. Elle risquait de trahir Boris et de compromettre la mission.

Tant pis ! Puisqu'elle devait jouer les hôtesses « de charme », elle les jouerait jusqu'au bout. La mission avant tout.

***

Boris regarda une nouvelle fois sa montre. Il y avait encore une bonne demi-heure de vol avant qu'on ne pénètre dans l'espace aérien français, et le « silence radio » d'Alexandra commençait à lui paraître long. Et pour tout dire, à lui peser sur les nerfs.

— Gerhart, demanda-t-il soudain au pilote, je ne sais rien de ce qui se passe en cabine depuis le décollage, et ça commence à m'énerver. La fille qui est avec moi… je veux dire ma collègue, devait me tenir au courant, mais elle a dû être empêchée. Je peux vous demander d'aller jeter un coup d'œil ?

Moi, je ne peux pas me montrer, Gechrit me reconnaîtrait.

Gerhart Blixen tourna vers lui un sourire entendu :

— Je peux vous le dire, moi, ce qui se passe en cabine : à l'heure qu'il est, nos deux « VIP » sont gentiment en train de s'envoyer en l'air avec l'équipage.

Il rigola franchement en ajoutant :

— Quant à votre collègue, elle doit être très occupée, si vous voyez ce que je veux dire…

La plaisanterie ne fit pas rire Boris, qui insista :

— J'aimerais quand-même que vous alliez jeter un coup d'œil…

— Bon, soupira Blixen, si vous y tenez…

Il brancha le pilote automatique et quitta le cockpit, en se composant l'air cordial du capitaine qui va rendre une visite de courtoisie à ses passagers… ou du chef cuisinier qui s'offre un tour de salle.

Il constata tout de suite que les choses se déroulaient à peu près comme il l'avait pronostiqué.

Hans Gechrit, debout au fond de l'avion, était en train de prendre vigoureusement l'un des deux stewards. Dont on ne voyait que les fesses, le garçon se trouvant à quatre pattes sur un fauteuil, caché par le dossier d'un autre.

Le second steward se tenait debout près de lui, dans l'allée. Avec un air indifférent, il laissait Gechrit masturber frénétiquement le sexe lourd et à demi érigé qu'il avait, à sa demande, sorti de son pantalon d'uniforme.

Gerhart Blixen, que l'homosexualité masculine

dégoûtait un peu, détourna le regard et le porta vers le fauteuil de la superbe fille noire qui voyageait avec le président de Septième Ciel.

Elle était en train de s'y envoyer, au septième ciel…

Sa jupe était relevée jusqu'au ventre et elle avait les jambes largement écartées, posées sur les accoudoirs du fauteuil.

Agenouillée devant elle, la fille qui voyageait avec Boris Corentin avait le visage enfoui dans sa féminité la plus intime, qu'elle dévorait avec application pendant que Carmina, la tête rejetée en arrière sur le dossier, les yeux fermés et la bouche ouverte, poussait des râles de plaisir.

Le pilote eut un sourire en pensant que si la « femme-flic » agissait par devoir, elle n'avait pas vraiment l'air de détester le « devoir » en question…

Personne, en tout cas, ne prêtait la moindre attention à lui.

Quant aux six autres filles, elles s'étaient rassemblées d'instinct à l'avant de l'appareil et attendaient avec résignation qu'on fasse appel à leurs services.

Ce qui ne semblait pas être pour tout de suite.

Le président de la compagnie, de toute évidence, préférait les garçons. Quant à son assistante, elle avait jeté son dévolu sur la jolie brune aux formes plantureuses qui accompagnait Corentin, et ne semblait pas près de vouloir la lâcher.

Quand Gerhart Blixen retourna s'asseoir dans le cockpit, son sourire égrillard lui allait d'une oreille à l'autre.

— Ça va, bougonna Corentin, j'ai compris. Sachant que Gechrit aime les garçons, je suppose que c'est avec son assistante que la mienne est en train de faire des galipettes ?

— On ne peut rien vous cacher, confirma le pilote. Gechrit, lui, s'amuse avec les deux stewards.

Boris rongea son frein en silence. Sans pouvoir se défendre d'un sentiment inavouable... Qu'il n'avouerait pas à Alexandra, en tout cas.

À savoir qu'il éprouvait effectivement une jalousie sournoise.

Mais que c'était plutôt d'Alexandra qu'il était jaloux.

Parce que Carmina, l'autre jour, lui avait mis le feu aux sens, et qu'à cet instant précis, il se serait bien vu lui-même entre ses jambes magnifiques...

Il fit un effort pour chasser de son esprit ces pensées lubriques qui n'avaient rien à y faire en ce moment.

Et regarda une nouvelle fois sa montre.

— Prévenez-moi quand on sera dans l'espace aérien français, demanda-t-il.

— On y est depuis cinq minutes, rétorqua le pilote.

Une poussée d'adrénaline envahit les artères de Corentin.

Le moment était venu.

Il se tourna vers Blixen :

— Écoutez, Gerhart, j'ai un dernier service à vous demander : j'ai une annonce importante à faire, et je voudrais que Gechrit soit assis dans son siège pour l'entendre. Vous voulez bien aller voir s'il a fini… avec les stewards, je veux dire ?

Le pilote râla pour la forme, et s'exécuta.

Une minute après, il rejoignit Boris en annonçant :

— Notre cher patron a fini de se vider les couilles. À présent, il a regagné son siège et sirote tranquillement son whisky.

Boris hésita un peu avant de demander :

— Et… ma collègue, où en est-elle ?

— Elle aussi, elle est assise, pouffa Blixen. Dans le fauteuil de la Noire. Maintenant, c'est elle qui lui bouffe la chatte. Entre nous, elle a l'air de se régaler.

Boris faillit lui coller son poing dans la figure, mais se retint. Ça n'aurait pas été malin de les priver de pilote en plein vol. De plus, il allait encore avoir besoin de sa collaboration.

Et puis, après tout, Alexandra et lui n'étaient pas mariés. Elle avait bien le droit de faire ce qu'elle voulait. Est-ce qu'il se gênait, lui ?

— Comment fait-on pour s'adresser aux passager, d'ici ? demanda-t-il.

Blixen désigna un casque-radio :

— Vous mettez ça et je vous branche.

L'instant d'après, Boris était équipé. Le pilote enfonça une touche du tableau de bord et lui fit un signe de tête :

— Allez-y.

Corentin attaqua en français, à l'intention d'Alexandra :

— Lieutenant Josselin, ici Boris. Je vous prie de

cesser immédiatement ce que vous êtes en train de faire et de me rejoindre dans le cockpit.

Hans Gechrit parlait parfaitement français. Mais qu'il comprenne ce que Boris venait de dire à Alexandra n'avait plus d'importance, maintenant.

Corentin poursuivit, en anglais, en espérant secrètement que les deux faux stewards et les six fausses hôtesses possédaient suffisamment cette langue pour comprendre ses paroles :

— Monsieur Hans Gechrit, ici le commandant Boris Corentin, de la police française. Vous vous souvenez peut-être de moi : nous nous sommes déjà rencontrés. Avec mes collègues européens, nous avons constitué contre vous un dossier accablant, étayé de preuves irréfutables. Nous savons tout, dans les moindres détails, du trafic auquel vous vous livrez. Nous savons que les immigrés clandestins que vous obligez à se prostituer à bord de vos avions sont systématiquement revendus comme esclaves sexuels à tous les bordels d'Europe, après avoir été dépouillés de leurs biens...

Cette longue phrase, il l'avait soigneusement décortiquée, en séparant les mots et en appuyant bien sur chaque syllabe, afin que les huit futures « victimes » de Gechrit qui se trouvaient à bord comprennent parfaitement.

Non parce qu'il comptait sur eux — et elles — pour lui sauter à la gorge ou tenter de le tuer... mais juste pour le mettre aussi mal à l'aise que possible.

Une petite satisfaction personnelle qu'il avait envie de s'offrir, vis-à-vis de ce salaud...

La porte du cockpit s'ouvrit à ce moment-là et

Alexandra fit son apparition. Elle avait le feu aux joues… et il était clair qu'elle avait remis précipitamment de l'ordre dans sa tenue.

Boris fit semblant de ne rien remarquer et se composa un air sévère.

— Lieutenant Josselin, dit-il, il est temps de vous rappeler que vous êtes un officier de police en mission et de cesser de vous compromettre avec les complices de gens que nous sommes ici pour arrêter.

— À vos ordres, commandant, répliqua Alexandra, faisant mine de jouer le jeu en rectifiant la position.

Mais en essayant visiblement de retenir le petit sourire qu'elle avait au coin des lèvres.

Boris poursuivit, dans son micro :

— D'autre part, monsieur Gechrit, nous avons établi la preuve flagrante de votre responsabilité dans l'assassinat du chef d'entreprise français Serge Marchal, dans la mort de l'individu utilisé par vous à cet effet, et dans la tentative de chantage et d'extorsion de fonds exerçée à l'encontre du chef d'entreprise français Yvon Vandel. En résumé, les charges qui pèsent contre vous sont les suivantes : trafic d'êtres humains, esclavagisme sexuel, exploitation d'immigrés, racket, proxénétisme, homicide volontaire et involontaire, chantage, extorsion de fonds. Avec un dossier pareil, même vos relations politiques ne vous empêcheront pas de passer le restant de vos jours en prison. Et vous pouvez compter sur moi pour que ce ne soit pas une de ces prisons « trois étoiles » dont parlent les journaux.

Dernière chose : la police française s'apprête à ordonner à cet appareil de se poser à Paris, à l'aéroport du Bourget, où mes collègues vous attendent pour vous mettre en état d'arrestation. Si vous voulez boire un whisky, profitez-en : ce sera le dernier avant longtemps.

Il fit un signe de tête au pilote, qui coupa le micro... en le fixant, les yeux écarquillés et la bouche ouverte.

Boris poussa un profond soupir. Un étrange sentiment de vide venait de l'envahir.

C'était fini. Ou presque.

Il se tourna vers Alexandra :

— Le plus beau, c'est que je ne suis même pas absolument certain de ce que je viens de dire : si ça se trouve, en même temps que Brichot et les autres, un grand avocat international attend déjà Gechrit à l'aéroport. Un avocat qui, avec l'aide de ses relations politiques, va lui permettre de s'en tirer...

Alors qu'il venait d'évoquer Aimé Brichot, la voix de ce dernier résonna dans son casque et dans celui du pilote :

— Allo, Falcon 900 Septième Ciel, ici police française. Nous vous donnons l'ordre de vous poser à l'aéroport du Bourget. Je répète : posez-vous à l'aéroport du Bourget. Répondez et confirmez.

Le pilote répondit et confirma sans hésiter.

Après avoir entendu la liste des charges qui pesaient sur son futur-ex-patron, il n'avait visiblement pas envie de partager ses ennuis.

— Bravo, Mémé, fit Boris, bien joué ! Tu es pile au rendez-vous !

— Je crois que c'est plutôt toi qu'il faut féliciter, cette fois, répondit Brichot.

— On se félicitera mutuellement plus tard, si tu veux bien. Reste en ligne…

Boris se tourna vers Alexandra :

— Je vais rester en contact avec Aimé, dit-il, histoire de coordonner nos batteries avant l'atterrissage. Pendant ce temps-là, vas donc jeter un coup d'œil sur Gechrit. Je ne sais pas comment il a pu réagir à tout ce que je viens de lui balancer. Il ne faudrait pas qu'il fasse une connerie.

— O.K., fit Alexandra en quittant le cockpit.

Elle réapparut deux minutes plus tard.

— Tout va bien, annonça-t-elle. Gechrit a l'air calme et détendu. Il a suivi ton conseil et il est en train de se taper un whisky.

— Bonne idée, ironisa sombrement Corentin : il en aura besoin.

Quelques minutes après, le pilote annonça à la tour de contrôle du Bourget qu'il entamait sa descente. Le Falcon 900 s'inclina légèrement vers l'avant et commença à perdre rapidement de l'altitude, en même temps que sa vitesse diminuait. Un moment s'écoula encore et l'appareil traversa la couche de nuages. Très loin en dessous, le paysage d'Île-de-France apparut, avec ses maisons, ses champs découpés, ses routes et ses véhicules, comme autant d'éléments miniatures incorporés dans une vaste maquette.

— Combien de temps avant l'atterrissage ? demanda Boris au pilote.

— Huit à neuf minutes.

— Mémé ?… enchaîna Corentin. On arrive. J'espère que tu as prévu plusieurs voitures, parce qu'entre Gechrit, sa secrétaire et la « cargaison » humaine, ça va vous faire huit personnes à embarq…

Avant qu'il ait pu finir sa phrase, plusieurs signaux lumineux rouges se mirent soudain à clignoter dans le cockpit, tandis qu'un avertisseur sonore se mettait à pousser des hurlements répétés.

Dans le même temps, l'avion se mit à trembler de toutes ses tôles. De véritables secousses convulsives, d'une telle violence que Boris et le pilote durent s'accrocher à leurs sièges pour ne pas être projetés contre le tableau de bord.

Alexandra, elle, qui se tenait debout derrière Boris, fut projetée contre le dossier de son siège, qu'elle percuta avec un choc qui lui coupa le souffle.

— Qu'est-ce qui se passe, Gerhart, hurla Corentin en essayant vainement de retrouver une posture stable.

— Dépressurisation rapide ! cria le pilote. On a ouvert la porte de la cabine !

— Nom de D… ! éructa Boris. Gechrit !…

— J'y vais ! lança Alexandra.

— Non, attends !

Avant qu'il ait pu se dépêtrer de la ceinture spéciale « trois-points » qui l'attachait à son siège, la jeune femme avait bondi hors du cockpit.

Quand elle déboula dans la cabine des passagers, le spectacle était apocalyptique.

Les six hôtesses et les deux stewards s'accrochaient désespérément à leurs sièges pour éviter d'être aspirés dans le vide, par la portière grande ouverte. Leurs hurlements de terreur se confondaient avec ceux du vent qui s'engouffrait par l'ouverture béante de la carlingue.

Hans Gechrit, lui, avait disparu.

Et ce n'était pas difficile de deviner où…

— Il a sauté ! hurla Carmina, folle de panique, en voyant apparaître Alexandra.

Le visage de la secrétaire noire était déformé par une grimace de terreur. Elle était accrochée à son fauteuil par sa ceinture de sécurité, mais son siège se trouvait non loin de la porte et elle subissait de plein fouet l'effet « siphon » provoqué par l'ouverture. Sa ceinture risquait de céder à tout moment. D'une seconde à l'autre, elle allait être aspirée dans le vide.

Corentin surgit derrière Alexandra.

— Il faut absolument refermer cette porte ! cria-t-il. Je vais me coucher par terre pour échapper à l'attraction extérieure et tenter d'attraper la rampe.

— Tu es fou ! hurla Alexandra. Tu vas te…

Boris avait déjà plongé en avant et rampait vers l'ouverture. Alexandra n'eut que le temps de se jeter à terre, derrière lui, et de lui attraper les pieds. Elle enroula les siens autour de la base d'un fauteuil pour s'« ancrer » à quelque chose.

La tête et les épaules dans le vide, asphyxié par un vent d'une violence inouïe, Boris tendit le bras au maximum vers la rampe de métal rétractable qui s'était déployée en même temps que les marches incorporées à la portière.

Il l'effleurait du bout des doigts quand un hurlement inhumain résonna au-dessus de sa tête.

Au même instant, il vit passer à toute vitesse au-dessus de lui le corps de Carmina. Dont la ceinture venait de céder.

La secrétaire de Hans Gechrit fut aspirée dans le vide et disparut en une fraction de seconde.

On ne pouvait plus rien faire pour elle.

Boris concentra toute son énergie dans son bras tendu pour gagner encore quelques centimètres... Il réussit enfin à attraper la rampe métallique, glacée par le froid extérieur, et tira vers lui de toutes ses forces.

Alexandra, elle, tirait sur ses jambes...

Au prix d'un double effort surhumain, ils réussirent enfin à remonter la portière qui, avec le vent, semblait peser des tonnes.

Le hurlement du vent s'arrêta d'un seul coup quand Boris verrouilla la porte de l'appareil.

En cabine, les cris de panique se calmèrent, tandis que l'avion se stabilisait.

Boris et Alexandra, allongés par terre l'un contre l'autre, tentaient de reprendre leur souffle.

— Il... avait l'air... tellement tranquille... réussit péniblement à articuler Alexandra... tellement sûr de lui... Je ne pouvais pas prévoir qu'il...

Boris lui prit la tête et l'amena contre son épaule.

— Ce n'est pas de ta faute, dit-il. Tu ne pouvais rien y faire. Moi non plus, je n'aurais pas cru qu'un type aussi immoral choisirait la solution... honorable.

## Chapitre XV

— Finalement, fit Charlie Badolini, le plus drôle de l'histoire, si je puis dire, c'est que Hans Gechrit a fini exactement comme sa première victime, le malheureux transsexuel : balancé dans le vide depuis un de ses propres avions. Et du même avion, en plus !

— À cette petite différence près, patron, ajouta Boris, qu'il s'est balançé lui-même…

L'humeur déjà morose de Badolini s'assombrit un peu plus à cette évocation.

— Puisque vous ramenez ça sur le tapis, Boris, permettez-moi de vous dire que je trouve un peu léger, de la part de deux officiers de police, de laisser un suspect se suicider alors qu'il est théoriquement sous leur responsabilité.

— C'est vrai, patron, admit Corentin, mais je suis seul responsable : le lieutenant Josselin n'y est pour rien. Il faut dire que rien ne pouvait laisser prévoir une telle atitude de la part de Gechrit…

Badolini le regarda par en-dessous :

— J'entends d'ici les journalistes s'exclamer

que depuis l'affaire du tueur de Nanterre, ça devient une habitude, dans la police française, de laisser ses prisonniers se suicider en se jetant dans le vide[1]...

Il y eut un silence pesant, que le chef de la Mondaine se décida à rompre.

— Enfin, dit-il, je dois quand-même vous féliciter, tous les trois (il regarda successivement Boris, Aimé et Alexandra) pour cette brillante enquête... qui a d'ailleurs démarré par un caprice du hasard.

— C'est vrai, renchérit Corentin. La belle organisation, parfaitement huilée, de Hans Gechrit, aurait pu connaître encore de beaux jours, si des pêcheurs n'avaient pas remonté dans leurs filets le corps d'un transsexuel tombé d'un de ses avions.

— C'est même un sacré retournement, si on y pense, enchaîna Aimé Brichot : parce que finalement, c'est Gechrit lui-même, en voulant nuire à monsieur Vandel par le moyen de cette... « fille », qui a causé sa propre perte.

— Le transsexuel assassin malgré lui est mort en tuant sa victime, reprit Boris, laquelle s'est débarrassée du corps de son meurtrier !... avant de mourir lui-même ! Du jamais vu ! Et toute cette histoire s'est finalement retournée contre celui qui l'avait montée !

Badolini hocha pensivement la tête :

1. Charlie Badolini fait naturellement allusion à Richard Durn, l'auteur du massacre du Conseil municipal de Nanterre, en mars 2002. On se souvient que Durn, arrêté, avait échappé à ses gardes et s'était suicidé en se jetant dans le vide par un « vélux » des toits de la P.J., quai des Orfèvres.

— C'est vrai que tout ça n'est pas banal... C'est ce qu'on appelle une enquête à tiroirs...

Il se racla la gorge et ajouta :

— Au fait, Boris, félicitation pour l'intuition que vous aviez eue : c'était bien l'extincteur du Falcon qui avait servi à lester le corps du transsexuel. Figurez-vous qu'un autre chalutier vient de le repêcher, je l'ai appris ce matin.

Badolini se tourna vers Yvon Vandel, qui, installé dans un fauteuil Empire, tapotait du bout des doigts les têtes de lion sculptées des accoudoirs.

— Et en ce qui vous concerne, cher ami, dit-il, il me semble que vous avez tout lieu d'être satisfait de nos services. Gechrit n'a pas eu le temps d'envoyer aux media les photos... compromettantes vous représentant, photos dont on a retrouvé les négatifs dans son coffre. Ce qui prouve bien que c'était lui qui était derrière tout ça.

— C'est vrai... fit Vandel de sa voix métallique.

Il gratifia Boris, Aimé et Alexandra d'une expression hautaine, à peine aimable, et leur consentit du bout des lèvres un :

— Je vous félicite et vous remercie, messieurs... et mademoiselle.

— Je vous en prie, fit Boris sans plus de chaleur. On n'a fait que notre boulot. Mais je dois dire que le boulot en question aurait été grandement facilité si vous nous aviez avoué dès le départ que vous connaissiez Hans Gechrit... ainsi que la nature de vos anciennes relations avec lui.

Vandel détourna un instant le regard et répondit dans un raclement de gorge :

— Je le reconnais volontiers. Mais vous comprendrez que, dans ma position, c'était un peu gênant...

Boris soupira, exaspéré par ce gros ponte qui, comme tant d'autres, se croyait au-dessus du commun des mortels... et qui considérait que ses intérêts personnels avaient priorité sur tout le reste.

— Je comprends, dit-il. Je désapprouve, mais je comprends... En revanche, il y a une chose que je ne comprends toujours pas : pourquoi Hans Gechrit vous haïssait-il à ce point-là ?

Yvon Vandel ne répondit pas. Boris s'énerva :

— Cette fois, monsieur Vandel, je vous prie de bien vouloir faire preuve d'un minimum de coopération. Et de répondre à ma question !

— Très bien, se résigna Vandel, comprenant que cette fois, il n'avait pas le choix. À l'époque lointaine où nous partagions une chambre, à Harvard, j'ai ruiné Hans Gechrit au cours d'une partie de poker. Je lui ai pris tout ce qu'il avait... y compris l'héritage qu'il venait de recevoir de sa grand-mère. Ce qui, d'ailleurs, ne l'a pas empêché de se refaire par la suite et de devenir miliardaire...

Aimé Brichot lissa sa moustache entre le pouce et l'index.

— C'est quand même curieux qu'il vous en ait voulu à ce point-là, dit-il... après tout, ce sont les risques du jeu. Il les connaissait forcément.

Boris et lui échangèrent un regard entendu et Brichot ajouta :

— À moins que vous ne nous cachiez encore autre chose ?...

Vandel hésita encore. Visiblement, ce qu'il allait dire lui coûtait au point que les mots avaient du mal à franchir ses lèvres.

— J'ai triché, lâcha-t-il enfin.

Il y eut un nouveau silence. Rompu, cette fois, par Boris :

— Vous vous rendez compte, monsieur Vandel, dit-il d'une voix glaciale, du temps que vous nous auriez fait gagner en nous avouant ça dès le départ ?

Le président de France-Europe Media fixa le bout de ses chaussures.

— Oui, dit-il presque à voix basse... Excusez-moi.

Il se reprit aussitôt et lança :

— Bien !... puisque toute cette affaire est réglée, je n'ai plus qu'à retourner à mes affaires et à vous laisser aux vôtres.

Il se leva, serra rapidement la main de Badolini et se dirigea vers la porte sans saluer les trois autres. Juste avant de sortir, il se retourna quand même pour leur lancer un :

— Encore bravo !

— Quel enfoiré ! ne put s'empêcher de s'écrier Alexandra Josselin, dès que le P.-D.G. eut disparu.

— Je vous en prie, lieutenant, éructa Badolini, modérez votre langage ! Vous parlez de l'un des plus grands patrons français !

— Excusez-moi... patron, murmura Alexandra qui, visiblement, n'en pensait pas un mot.

Badolini, qui attendait avec une impatience grandissante de pouvoir enfin se remettre à fumer, alluma une cigarette avec un soupir d'extase.

— Le fait est, dit-il après avoir exhalé la première bouffée... j'ai connu des gens plus agréables.

— Et plus reconnaissants, ajouta Boris.

Charlie Badolini le regarda avec un des ces sourires en coin qu'il avait toujours quand il s'apprêtait à sortir un as de sa manche. Au sens figuré, bien sûr.

— N'empêche... dit-il. J'ai quand même tenu à conserver un petit souvenir de lui.

Boris ouvrit des yeux ronds et se pencha en avant sur sa chaise.

— Non !... ne me dites pas que...

Le sourire s'élargit sur le visage rond du chef de la Mondaine.

— Si, dit-il. Les fameuses photos... J'en ai conservé un jeu dans mon coffre. Histoire d'ajouter un « blanc [1] » à ma petite collection personnelle et privée.

Il tira une bouffée voluptueuse et ajouta en contemplant rêveusement le plafond :

— Ça servira peut-être un jour... Sait-on jamais ce que l'avenir nous réserve ?

1. Le terme, chez les policiers, désigne un dossier secret — et généralement très compromettant — concernant telle ou telle personnalité. Le dossier en question, bien sûr, est censé ne pas exister.

*Achevé d'imprimer sur les presses de*

**BUSSIÈRE**

GROUPE CPI

*à Saint-Amand-Montrond (Cher)*
*en avril 2003*

Mise en pages : Bussière

VAUVENARGUES - 14, rue Léonce Reynaud - 75116 Paris
Tél. : 01-40-70-95-57

— N° d'imp. : 32156. —
Dépôt légal : mai 2003.

*Imprimé en France*